VIVONS HEUREUX EN ATTENDANT LA MORT

Pierre Desproges

VIVONS HEUREUX EN ATTENDANT LA MORT

Éditions du Seuil

TEXTE INTÉGRAL

ISBN 2-02-032042-8
(ISBN 2-02-022903-X, 1re publication poche
ISBN 2-02-006615-7, 1re publication brochée
ISBN 2-02-013632-5, réédition 1991)

Prélude

Le plaisir des morts
est de moisir à plat.
Robert Desnos.

J'allais d'un pas serein, de cette ample démarche souple de grand félin indomptable qui avait tant séduit Grace Kelly le jour des obsèques de Pompidou à Notre-Dame.

Sur mon beau visage de prince pirate au regard franc, sereinement dardé sur l'espoir jovial d'un lendemain tranquille gorgé d'espoir vespéral, sur ce noble visage éclatant de santé, luisant de tendresse contenue et craquelé de cette fière couperose violacée qui envahit si joliment les vaisseaux capillaires dilatés d'intelligence aiguë des buveurs de bordeaux graves, sur cette belle tête âprement nimbée de rigueur spartiate que l'adolescente enfiévrée brûlante de désir évoque en gémissant la nuit au creux du lit de sa solitude où ses doigts tremblants d'une impossible étreinte se referment en vain dans l'attente affolée d'un éclair de plaisir[1], se lisait à l'évidence la joie tranquille de vivre à pleins poumons sans la moindre appréhension de ma fin dernière.

Aussi allais-je fier et fringant, le cœur serein et les fesses au chaud dans ma nouvelle culotte de soie.

1. Inspirez.

Quand soudain. Là. Tout à coup. Brutalement. A l'angle de la rue La Fontaine, appelée ainsi en hommage à La Fontaine, le gigolo poudré du Tout-Versailles du XVIIe, qui a plus fait pour la promotion du rat des villes que Parmentier pour la pomme de terre en robe des champs, et dont la statue équestre sans le cheval qui s'était barré pendant la pose... (Il faut le comprendre, au lieu de ricaner sottement. Essayez de faire poser pendant six semaines un percheron avec un vieux beau qui pue la cocotte sur le dos, vous verrez si c'est facile. Andouilles.) Soudain. Là. Tout à coup, à l'angle de la rue La Fontaine, dont la statue équestre sans le cheval orne la place du Fabuleux-Fabuliste à Château-Thierry, la ville natale du Fabuleux-Fabuliste (faut pas exagérer non plus, dans la mesure où il avait tout pompé sur Ésope, le fabuleux fabuliste grec), soudain, donc, je me sentis très mal.

J'avais un nœud dans la gorge et un poids sur la poitrine. Pourtant, j'étais tout seul.

Je compris alors que la seule vue d'un La Fontaine immuable m'avait fait rejaillir en mémoire mon enfance finie, et mes cahiers rayés, et mes doigts violets d'encre, et les tartines à la gelée de coing de mes quatre-heures voraces de petit garçon gai.

Adieu l'âge vert. Je suis dans l'âge mûr.

L'âge mûr, par définition, c'est la période de la vie qui précède l'âge pourri. Récemment, les occasions de constater mon entrée irréversible dans l'âge mûr m'ont méchamment sauté à la gueule à maintes reprises. Par exemple, je me suis surpris à m'essouffler bruyamment dans certains escaliers trop raides ou dans certaines femmes trop molles.

Je supporte de plus en plus difficilement les cuites au punch des îles lointaines et le rock and roll des caves profondes. Je suis de plus en plus fermement convaincu que les gens de vingt ans, que je tenais pour des vieux cons quand j'en avais quinze, sont tous de jeunes imbéciles.

J'ai des raideurs. Dans le dos. Surtout dans le dos. Seulement dans le dos.

Et des aigreurs stomacales.

Ma réflexion philosophique m'éloigne de jour en jour de la pensée de James Dean, en même temps qu'elle me rapproche de plus en plus de celle du général de Gaulle.

Je m'habille plus sombre et me déshabille moins vite.

L'exubérance intérieure avec laquelle je m'auto-félicite bruyamment de n'avoir point encore besoin de lunettes et de moumoute m'apparaît, hélas, douloureusement annonciatrice d'inévitable presbytie et d'imminente calvitie. « Pépère », me suis-je dit l'autre jour (alors que l'année dernière encore je me disais « coco »), « pépère, il serait temps pour toi de subir un check-up médical qui te permettra d'évaluer les progrès de ta décrépitude et d'en ralentir peut-être les cruels effets pour repousser éventuellement à une date ultérieure l'échéance inéluctable de ta fin grabataire où, entouré de tous les tiens et pissant sous toi, tu auras enfin cessé d'appréhender l'holocauste atomique, le cancer du poumon, et la pénurie de cassettes VHS dans les Yvelines. »

Alors donc, j'ai commencé par aller consulter mon cancérologue, le célèbre docteur Métastasenberg. Je lui ai trouvé mauvaise mine. Je lui ai dit :

– Docteur, je trouve que vous avez mauvaise mine. Faites voir un peu. Mettez-vous dans la lumière. Oh là là ! Ah ben dites donc ! Déshabillez-vous, pour voir…

Oh là là là là. Respirez lentement. Cessez. Ah, je sens une boule par là. C'est amusant… Rhabillez-vous, docteur.

– J'espère que ce n'est pas grave », s'inquiéta-t-il en me suppliant des yeux, avec ce bon regard de chien battu, brisé d'angoisse et submergé d'incompétence qui brouille la vue des cancéreux potentiels quand ils attendent le verdict de l'infaillible ponte.

Soucieux de ménager mes effets avant de répondre, je pris mon temps.

– C'est grave ? » répéta-t-il.

– Mais non, mais non. Ce n'est rien du tout. Seulement, par simple prudence, n'est-ce pas, il faudrait faire quelques radios… et envisager une petite chimiothérapie avant de pratiquer l'ablation totale du foie, de la rate et du gros intestin. Voilà. C'est deux cents francs. Yark yark yark.

Ragaillardi par le résultat optimiste de cette première consultation, je suis allé voir le docteur Brouchard en qui j'ai pleinement confiance. Il m'a vu naître. Je l'ai vu naître. Nous nous sommes vus naître.

Après m'avoir ausculté de fond en comble avec minutie, il a dit :

– Pierre, mon vieux… Mon pauvre vieux.

– Je vous en prie, docteur. Soyez franc. Je veux toute la vérité. J'ai besoin de savoir.

– Eh bien, j'ai une mauvaise nouvelle. De toute évidence vous êtes atteint d'une… d'un… d'une maladie à évolution lente, caractérisée par… par une… dégénérescence des cellules et…

– Écoutez. Soyez clair : j'ai un cancer ?

– C'est-à-dire que non. Je ne dis pas cela.

– Vous dites “irréversible”. C’est mortel. C’est donc bien un cancer. Parlez-moi franchement. Il… il me reste combien de temps ?

– Eh bien oui. Vos jours sont comptés. A mon avis, dans le meilleur des cas, vous en avez encore pour trente à quarante ans. Maximum.

– Mais si ce n’est pas un cancer, comment s’appelle cette maladie ?

– C’est la vie.

– La vie ? Vous voulez dire que je suis…

– Vivant, oui, hélas.

– Mais où est-ce que j’ai pu attraper une pareille saloperie ?

– C’est malheureusement héréditaire. Je ne dis pas cela pour tenter de vous consoler, mais c’est une maladie très répandue dans le monde. Il est à craindre qu’elle ne soit pas vaincue de sitôt. Ce qu’il faudrait, c’est rendre obligatoire la contraception pour tout le monde. Ce serait la seule prévention réellement efficace. Mais les gens ne sont pas mûrs. Ils forniquent à tire-larigot sans même penser qu’ils risquent à tout moment de se reproduire, contribuant ainsi à l’extension de l’épidémie de vie qui frappe le monde depuis des lustres.

– Oui, bon, d’accord. Mais moi, en attendant, qu’est-ce que je peux faire pour atténuer mes souffrances ? J’ai mal, docteur, j’ai mal.

– Avant l’issue finale, qui devrait se situer vers la fin de ce siècle, si tout va bien, vos troubles physiques et mentaux iront en s’aggravant de façon inéluctable. En ce qui concerne les premiers, il n’y a pas grand-chose à faire. Vous allez vous racornir, vous rétrécir, vous coincer, vous durcir, vous flétrir. Vous allez perdre vos dents, vos cheveux, vos yeux, vos oreilles, votre voix, vos muscles, votre prostate, vos lunettes, etc.

« Moralement, de très nombreuses personnes parviennent cependant à supporter assez bien la vie en s'agitant pour oublier. C'est ainsi que certains sont champions de course à pied, président de la République, alcooliques ou chœurs de l'armée Rouge. Autant d'occupations qui ne débouchent évidemment sur rien d'autre que sur la mort, mais qui peuvent apporter chez le malade une euphorie passagère, ou même permanente, chez les imbéciles notamment.

– Et vous n'avez pas d'autre médication à me suggérer ?

– Il y a bien la religion : c'est une défense naturelle qui permet à ceux qui la possèdent de supporter relativement bien la vie en s'autosuggérant qu'elle a un sens et qu'ils sont immortels.

– Soyons sérieux…

– Alors, je ne vois plus qu'un remède pour guérir de la vie. C'est le suicide.

– Ça fait mal ?

– Non, mais c'est mortel… Voilà, voilà. C'est deux cents francs.

– Deux cents francs ? C'est cher !

– C'est la vie.

En attendant la mort

Chapitre chauve

où l'auteur
considère l'existence
des coiffeurs
comme une incitation
au suicide.

Il est interdit
de descendre avant la raie.
Alexandre Brossacu,
coiffeur pour trains.

Vous avez raison, docteur. Le seul remède à la vie, c'est la mort librement consentie. L'exemple vient de haut : « Suicidez-vous jeune, vous profiterez de la mort », nous dit le Christ, avant de s'autodétruire sur la croix à l'aube de sa trente-troisième année[1].

Toutes les raisons d'en finir sont réunies. Il suffit de pousser sa porte pour se la prendre sur les doigts, ce qui n'est qu'un moindre mal, ou, plus souvent, pour se trouver face au seul animal qui soit venu sur terre dans le seul but de nuire à l'homme : son frère.

O jouissance ultime de supprimer à jamais toute possibilité de subir ton frôlement, mon frère, mon beau-frère, ma cousine, monsieur le préposé du guichet 18, mon lieutenant, madame Kafka, madame pipi, mon obséquieux charcutier, mon parfumé coiffeur.

De toutes mes forces, de toute la force de mon cœur, de toute la force de mon âme, je hais les coiffeurs.

1. Si le Christ ne s'est pas suicidé, c'est que je n'ai rien compris au Nouveau Testament.

Comme le souligne à l'évidence le morne ordonnancement approximatif de ma coiffure, je ne vais jamais chez le coiffeur. J'ai horreur des coiffeurs. J'ai horreur qu'on me tripote la tête par-derrière en me racontant des conneries dans le dos. J'ai horreur qu'un gominé à gourmette me chahute le cuir chevelu avec ses grosses papattes embagouzées aux ongles éclatants de vulgarité manucurale. J'ai horreur qu'un Brummell de gouttière me gerbe dans le cou le crachin postillonnant des réflexions de philosophie banlieusarde que lui inspirent sporadiquement la hausse du dollar, l'anus artificiel du pape, l'inappétence sexuelle de la fille Grimaldi[2], l'agonie de Saint-Étienne, le courage des Polonais, le déclin d'Annie Girardot[3], le fibrome de sa femme (pas la femme d'Annie Girardot, de sa femme à lui, le supermerlan néo-romantique de mes deux), la montée de la violence dans les quartiers cosmopolites et l'indiscipline problématique de la raie de mon quoi ? de la raie de mon crâne.

J'allais oublier les oscillations du thermomètre, source inépuisable de commentaires météorologiques fort avisés et très répandus dans les milieux capillicoles[4].

2. Grimaldi : dynastie d'opérette dont Tartarin III de Monaco est l'actuel prince régnant.

3. Annie Girardot : célèbre comique du cinéma parlant, inénarrable dans les rôles de cancéreuse.

4. Capillicole, du latin *capillaris*, poil aux cuisses. Car on ne dit plus « coiffeur », on dit « capilliculteur ». J'ai même vu récemment une enseigne de « capilliculteur biocosméticien », la biocosmétique regroupant, vraisemblablement, l'ensemble des pratiques capillicultrices consistant essentiellement à enduire de vaseline la raie de mon quoi ? la raie, une fois de plus, de mon crâne.

Depuis dix ans, je n'ai plus mis les pieds, et encore moins la tête, chez un coiffeur. Car, à l'instar du pou, le coiffeur est un parasite du cheveu. Françaises, mes petites chéries, je vous en conjure, n'allez plus jamais chez le coiffeur. Les Russes arrivent. Demain c'est la guerre. Dans cinq ans, c'est la Libération. Que n'attendez-vous jusque-là pour vous faire tondre ?

Ma dernière visite chez un coiffeur, je m'en souviens, ce devait être aux giboulées. Il tombait des hallebardes. Je suis entré dans un salon de coiffure, trempé, le parapluie dégoulinant, l'imperméable à essorer, les pieds floque-floquant dans les pompes. Pendant qu'une espèce de charolaise au mufle outrageusement peinturluré me débarrassait de mon imper en me gloussant des dindonneries de bienséance, le maître de céans, contemplant mon désarroi pluvieux, me dit :

– Ah ben dites donc, on dirait qu'il va pleuvoir[5] !

Déjà, avant même d'être assis dans son fauteuil, j'avais envie de lui peigner la gueule à coups de râteau. Cependant, il virevoltait en battant des ailes au-dessus de son attirail à désherber les cons, avec cette élégance naturelle dans le geste et cette distinction innée qu'on ne rencontre plus, à vrai dire, que chez les garçons de bains entretenus et les gorilles des cabarets de cul pigalliens.

– Priscilla va vous faire un shampooing », ordonna-t-il en me désignant une autre génisse.

Je ne supporte pas que quiconque ose me laver les cheveux. Je lave mes cheveux moi-même tous les jours, depuis que Maman m'a dit que j'étais assez grand pour me les laver moi-même. Je ne supporte pas non plus

5. C'est ce qu'on appelle l'humour capillicole.

que quiconque mette en doute ma propreté corporelle. Il ne m'est jamais arrivé d'aller en visite avec une chemise douteuse ou des cheveux sales. Qu'un vulgaire coiffeur se fût permis de m'ordonner de me laisser shampooiner le crâne par sa vache qui rit m'est apparu extrêmement injurieux.

– Monsieur », lui dis-je, « quand je vais essayer des escarpins chez mon marchand de chaussures, il ne me fait pas laver les pieds par sa vendeuse. Alors je vous prie, finissons-en. Coupez-moi les cheveux.

Je me posai dans le fauteuil et, tandis qu'il m'enveloppait dans un drap avec des gestes appuyés de ballerine hystérique, je fuyais ostensiblement son regard en me plongeant dans *Jours de France* avec passion (il faut le faire) afin d'éviter coûte que coûte que ce cuistre gominé ne donnât libre cours à la verve chansonnière, inhérente à sa profession, dont je sentais poindre les inévitables manifestations rigolardes dans son œil pétillant de malice agricole. Hélas, malgré l'attention soutenue que je semblais accorder à l'éditorial de Marcel Dassault sur son audacieux projet de former des kamikazes français en vue de la prochaine guerre mondiale afin d'éviter la concurrence japonaise, mon figaro ne tarda pas à vouloir à tout prix me faire partager son hilarité interne :

– Vous connaissez celle du mec qu'en avait une de quarante centimètres et qui se la trempait dans le lait avant d'aller se coucher ?... Alors c'est un mec qui en avait une de quarante centimètres, et vous savez pas ce qu'il faisait avant d'aller se coucher ?

Je réponds que non.

– Alors bon, il se la trempait dans le lait. Un soir, le mec rentre du boulot. Il bouffe. Et il se dit : "Tiens, j'ai sommeil. Je vais aller me coucher", mais avant d'aller se coucher, qu'est-ce qu'il fait ?...

Je ne réponds pas.

– Hein, qu'est-ce qu'il fait ?

– Eh bien, j'imagine qu'il se la trempe dans le lait », répondis-je ulcéré.

– Non, eh, l'autre : il éteint la lumière ! Elle est bonne, non ? (Rire des laitières.)

Depuis ce jour, je ne me fais plus couper les cheveux que par la mère de mes enfants, ou par la mère des enfants des autres, ou même par une fille mère, mais jamais par un coiffeur.

Les coiffeurs sont l'élément le plus totalement inutile d'une nation, avec les militaires, les académiciens, Julio Iglesias et les crottes sur les trottoirs. Et d'abord et surtout les coiffeurs pour dames. Car la femme n'est jamais plus belle que sortant de l'eau, le corps brillant d'eau claire et la chevelure collée de sel et d'embruns, prête aux plus folles étreintes : celles qui vous laissent, madame, échevelée.

Chapitre vroum

où la sécheresse de cœur subreptice
d'un goujat taximétrique
conforte l'auteur
dans sa désespérance morbide.

SAINTE THÉRÈSE :
Je veux quitter ce monde et fondre
[en ton amour.
Emporte-moi, Seigneur, vers l'éternel
[séjour !

LE CHAUFFEUR DE TAXI :
Vous avez un itinéraire préféré ?
R. P. Ricard, Thérèse qui rit.

Lettre ouverte à monsieur le chauffeur du taxi immatriculé 790 BRR 75

Monsieur le chauffeur du taxi 790 BRR 75,

Je ne vous oublierai jamais. Aussi longtemps que Dieu me prêtera vie (merci mon Dieu de me laisser le cancer en sourdine), je reverrai avec une diabolique précision d'entomologiste la misérable configuration boursouflée de votre sale gueule de turfiste mou, la balourdise chafouine de votre regard borné, et la vulgarité indicible de vos traits grotesques, encadrés derrière votre pare-brise avec des grâces de tête de veau guettant la sauce ravigote à la vitrine du tripier bovin.

Homère ou Ray Charles, je ne sais plus quel aveugle de naissance, ose affirmer que l'habit ne fait pas le moine. Il y a pourtant des tronches qui sont des aveux, et la vôtre, monsieur le chauffeur du taxi 790 BRR 75, ne mérite pas le pardon.

C'était par un de ces matins d'avril parisien, tout frémissant de printemps sous les platanes vert tendre, où l'imbécile et le poète se prennent à trouver la vie belle.

Ainsi allais-je, du pas crétin de ma démarche alexandrine, l'esprit bourgeonnant de pensées éclatantes, quand vous parûtes, monsieur, et m'assombrîtes soudain la tranquillité.

Vous vous êtes rangé le long du trottoir à dix mètres devant moi. La porte arrière côté trottoir s'est entrouverte avec une lenteur infinie, sous la pression désordonnée d'une main fébrile que prolongeait un bras nu décharné.

C'était une main effroyablement tordue par les rhumatismes, désespérément crochue pour ne pas lâcher la vie, une main translucide parsemée de ces étranges taches brunes et lisses qui dessinent parfois d'improbables mouches sur la peau des vieillards finissants. Au prix d'un effort pictural surhumain de sa main jumelle, cette main pitoyable rutilait par cinq fois de l'éclat saugrenu d'un vernis cerise, dérisoire coquetterie de la très vieille dame qui devait constituer, à l'évidence, la partie cachée de ce membre à peine supérieur.

Je ne le dis pas à votre intention, monsieur le chauffeur du taxi 790 BRR 75, car il me plaît de penser que la sérénité de votre abrutissement global ne vous autorise pas à hisser votre entendement au-dessus d'une rumination céphalogastrique de base, mais il me semble que nous ne devrions pas sourire de cette ultime tentative de plaire qui incite les vieillards au bord du grabat à continuer à se peindre. C'est peut-être une expression de l'instinct de conservation. J'ai entendu un jour Mme Simone Veil faire observer que la plupart des rescapés des camps de la mort nazis avaient puisé la force morale et physique de survivre dans un souci quotidien de fragile dignité qui les poussait à continuer de se tailler la moustache ou de se tresser les nattes jusqu'au fond de leur enfer.

De la portière que la première main maintenait tant bien que mal entrouverte, la seconde a jailli, fébrilement cramponnée à une sobre canne blanche qui battait l'air en tous sens à la recherche aveugle d'un bout de trottoir ou de caniveau. En même temps, la tête et la jambe gauche de votre cliente, monsieur le chauffeur, tentèrent une première sortie de l'habitacle enfumé de gauloises et tendu de skaï craquelé qui vous tient lieu de gagne-pain automobile.

C'était une jambe vieille de vieille, autant dire un tibia décharné, avec un gros genou ridicule en haut, et, à l'autre extrémité, un escarpin noir dont la boucle dorée tentait en vain d'apporter un éclair de gaieté pédonculaire à ce mollet posthume.

Incapable de s'extraire seule de votre taxi, cette si vieille dame lançait tant bien que mal, à petits coups comptés de sa nuque fripée, une tête ratatinée de tortue finissante dont les yeux usés appelaient à l'aide en vain, au-dessus d'un de ces sourires humbles des vieux dont Brel nous dit qu'ils s'excusent déjà de n'être pas plus loin.

Enfin elle apparut à la rue tout entière, en équilibre au bord de la banquette, hagarde, en détresse, les bras tendus vers rien, les jambes ballantes au-dessus du bitume, le corps brisé, péniblement fagoté dans un sombre froufrou passé, suranné, elle apparut, ridicule, enfin, comme la mouette emmazoutée qui ne sait plus descendre de son rocher.

Cette scène, d'une consternante banalité pour qui sait regarder la rue, ne dura pas plus d'un instant, et j'y mis fin moi-même en aidant la vieille dame à toucher le sol, mais cet instant me parut s'éterniser jusqu'à l'insoutenable à cause de vous, monsieur le chauffeur du taxi 790 BRR 75. Pendant tout le temps que cette dame semi-grabataire vécut en geignant son supplice ordinaire, vous ne bougeâtes pas d'une fesse votre gros cul content de crétin moyen populaire, et vos pattes velues d'haltérophile suffisant ne quittèrent pas une seconde le volant où vos doigts pianotaient d'impatience. Pas une fois votre tête épaisse de con jovial trentenaire ne quitta le rétroviseur où vos petits yeux durs de poulet d'élevage ne perdaient rien de ce qui se passait dans votre dos.

Dormez tranquille, monsieur le chauffeur du taxi 790 BRR 75. Il ne viendrait à personne l'idée de vous inculper, à partir de mon témoignage, de non-assistance à personne en danger. Vous n'avez strictement rien fait de mal ou d'illégal. Vous n'avez pas laissé un enfant se noyer. Vous n'avez pas regardé un piéton blessé se vider de son sang devant votre capot. Vous êtes irréprochable. L'infinie médiocrité de votre lâcheté, l'impalpable étroitesse de votre égoïsme sordide et l'inélégante mesquinerie de votre indifférence ne vous vaudront d'autre opprobre que celui du passant quelconque qui, dans l'espoir de vous voir un jour tomber de béquilles pour avoir l'honneur de vous ramasser par terre, vous prie d'agréer, monsieur le chauffeur du taxi 790 BRR 75, l'expression de ses sentiments distingués.

Chapitre plat

où l'on sent qu'un premier pied
de l'auteur n'est plus loin
du bord de la tombe,
consécutivement à l'inappétence
qu'il a des rapports humains moyens.

Sale temps, les mouches pètent.
Mao Tsé-tsé-toung.

Madame Maria, il n'y a plus de lait
et il faudrait changer la sciure du chat.
Jean-Paul Sartre.

Dans l'inventaire non exhaustif des calamités de la vie qui poussent l'honnête homme au suicide, il ne faut pas oublier de citer l'immensité du temps perdu par les humains à se vautrer dans la banalité molle de leurs effusions tièdes, dans le coton mou de leurs mornes échanges communs, ordinaires, plats, en un mot : vulgaires, ce qui veut dire « ordinaires », et non pas « grossiers », quoi qu'en pense le vulgaire.

Cela me rappelle un jour sinistre de fin d'espoir, un jour d'automne à faire meugler Lamartine sur les gazons épars que sa douteuse mélancolie de notable comblé noyait de larmes officiellement romantiques. Remember.

A l'heure où j'écris, j'ai les bonbons racornis et la stalactite tellement rétractée qu'on dirait un hermaphrodite de Praxitèle. C'est pas pour me vanter, mais il fait vraiment un temps à ne pas mettre un socialiste dehors. Même à Cannes, il fait un froid de poule, et à La Napoule un froid de canard. Y a plus de saisons.

Ah, ce n'est vraiment pas un jour à courtiser la

gueuse sous les portes cochères. Comme le dit si judicieusement le vieux dicton berrichon : « Frisquette en novembre, bistouquette en pente. »

C'est simple, j'en suis réduit à l'impuissance. Avec mes fesses froides et mon gillot pétré[1], je serais incapable de violer une motte, même de beurre. J'ai essayé l'autre soir, chez Maxim's. C'était le jour des Morts. Le 2 novembre. Pas le 1er novembre : le 1er, c'est la fête de tous les saints, comme son nom l'indique, bande de papistes sous-doués que vous êtes. Ah, je vous jure, si même les gardiens du culte se mettent à l'inculture, où va le monde, Dieu me culbute, je vous le demande, où va le monde ?

Donc, le jour des Trépassés, j'étais allé cracher sur mes tombes et déposer une gerbe sur celle d'Aragon et bon, le soir venu, je décidai d'aller dîner chez Maxim's avec une espèce de vache normande que j'avais l'intention de traire le soir même pour me réchauffer la libido.

Depuis que Cardin a racheté le fonds de commerce, je le dis à l'intention des smicards qui auraient l'idée d'économiser trois semaines de salaire pour se taper un radis-beurre chez Maxim's, c'est nettement moins bon. Il y a des fils même dans les haricots blancs, la tête de veau a des boutons, les moules sont pleines d'ourlets. C'est franchement dégueulasse.

En attendant le suprême vinaigrier aux écorces vermeilles – les carottes râpées, si vous préférez –, je me

1. Avoir le gillot pétré : expression venue des Açores, par allusion au gilet pétri (de froid) et en hommage à Alain Gillot-Pétré, célèbre météorologue de la fin du week-end sur l'ensemble des régions au sud d'une ligne Rouen-Strasbourg.

défonçais l'entendement au whisky d'une main, tandis que, de l'autre, j'agaçais un pis de la Blanchette qui broutait ses olives grecques en meuglant sobrement un discours météorologique consternant de banalité sans issue. Je commençais à la haïr de tout mon cœur, et c'était tant mieux : quand je hais, ça m'excite. J'ai quelque honte à l'avouer, mais je suis pour le rétablissement de la peine de mort pour les casse-bonbons qui vous coincent sur le trottoir ou au téléphone avec rien d'autre à dire que ces banalités trouducutoires concernant leur tension qui remonte ou leur thermomètre qui redescend.

Est-ce que je vous raconte mes dîners bovins, moi ?

Non. Bon.

Si, et alors ?

Je vous préviens, les voisins, le premier ou la première qui me bloque avec son cabas pour me dire qu'il va pleuvoir, je lui fous mon poing dans la gueule.

Le premier prix d'endurance dans la banalité, je le décernerais volontiers à une mémère poilue que je me suis retenu d'occire l'autre jour à coups de pompe dans le fibrome, à la boucherie du coin.

C'était sur le point de fermer. Il y avait au moins dix clients à piétiner d'impatience derrière cette gorgone prolétarienne de type prisunicard de banlieue qui déversait sans trêve entre ses chicots moisis les flots sans fond de son insignifiance fondamentale dont les postillons filandreux venaient s'écraser dans le coin merguez et sur la tranche d'entrecôte à jamais souillée de cette salive septuagénaire mêlée de sang frais, arrêtez-moi, je vais vomir.

Mes compagnons de queue[2] et moi-même ne

2. Je vous en prie.

commençâmes à souffler que quand cette répugnante sorcière consentit enfin à ouvrir son porte-monnaie pour payer ses cent grammes de foie de génisse, sans cesser d'ailleurs de débattre en solitaire des incidences conjuguées des variations hygrométriques et de la pleine lune sur sa putain d'arthrite du genou, tandis que la bouchère blasée enrobait sans l'entendre ce pépiage insipide d'une poignée d'onomatopées de circonstance :

Ah ben oui.

Ah ben je comprends.

Eh oui, eh oui, que voulez-vous, et dix qui nous font cent.

Ben oui…

Au r'voir madame euh…

L'immonde gargouille allait enfin partir quand soudain, au moment même où elle sortait de la file, alors que j'avais déjà ouvert la bouche pour commander mes steaks, l'odieuse fit tout à coup volte-face et dit :

– Ah ben tiens pendant que vous y êtes, maâme Lherbier, mettez-moi donc cent grammes de haché pour mon Maurice, des fois qu'y voudrait du haché, passeque déjà hier soir y voulait du haché, même qu'y m'a dit comme ça : “T'aurais pas du haché ?” mais comme on avait pas fini le rosbif de dimanche, j'y ai dit : “Faut finir le rosbif de dimanche”, et pis j'y ai fait une mayonnaise avec une pointe d'estragon pour finir le rosbif de dimanche, je mets toujours une pointe d'estragon dans ma mayonnaise, quand j'ai fini de saler, n'est-ce pas, c'est comme qui dirait pour le goût sinon ça goûte pas, n'est-ce pas. Tiens, mettézenmoidon cent cinquante grammes pendant que vous y êtes maâme Lherbier, ça fait pas grossir. Dites donc, à propos de grossir, vous avez vu Mme Le Brisou comme elle a grossi. A son âge faut faire attention. Comme je dis toujours : “Après cinquante ans, c’est la cinquantaine.” Pauv’ Mme Le Brisou. A voit pu venir à présent… Ben oui… ben oui…

Quand elle s’est enfin décidée à sortir, j’en étais à rêver de l’épingler sous le menton au crochet à bœuf du boucher. Et puis je l’ai regardée s’évanouir à petits pas menus et trébuchants vers sa solitude misérable de pauvre vieille et son sixième étage sombre et bas où son vieux devait attendre son mou en regardant le journal des cons et non-comprenants avec le chat calé sur le rhumatisme articulaire, et je me suis dit que j’étais bien peu charitable, mais ça devait être à cause du temps qui était vraiment dégueulasse.

« Froid de novembre, cache ton membre », disait Teilhard de Chardin, qui philosophait rarement sans sa soutane en thermolactyl.

Alors justement, chez Maxim’s, j’en étais toujours à tripoter mon échantillon de cheptel, tout en m’imbibant le cortex d’alcool pur pour me donner du courage. Ayant atteint un degré de jovialité éthylique nettement au-dessus de ma moyenne habituelle, je décidai finalement de trombonner ma tête de bétail sans attendre la merveille écarlate dans son lit de pommes dorées à la bruxelloise (la francfort-frites).

Observant un rite multimillénaire malheureusement tombé en désuétude dans les préludes amoureux contemporains, je commençai par écarter les autres mâles en pissant autour de la table pour délimiter mon territoire :

– Soyez mienne, maintenant, Priscilla, mon amour », dis-je au sac à bouse.

Que le lecteur m'autorise à garder pour moi la fin de ce conte de fées finement nimbé de tendresse bucolique, mais enfin ma vie privée ne regarde que moi.

Chapitre sexe

où l'auteur, galvaudant ses érections
dans le gratin dévoyé,
continue de creuser sa tombe
avec son petit oiseau.

A Passy, les gens sont de saillie.
Saint-John Perse.

Quand le trèfle est couché, le pique nique.
... Ce cul déshérité ne sachant que s'asseoir.
Georges Brassens.

En revanche, ma vie publique regarde tout le monde. C'est pourquoi je me dois de vous narrer ma dernière partouze, chez la comtesse Priscilla de Lorgasmonte. Bien sûr, ce n'est pas son vrai nom, mais c'est son vrai cul, c'est tout ce qu'on lui demande.

Il y a peu, quand je n'étais encore qu'obsédé sexuel, on ne m'invitait guère dans les partouzes. Maintenant que je suis membre de la Société des gens de lettres, on ne peut plus se passer de ma bite dans les fessodromes de Passy.

J'ai horreur des partouzes.

Comprenons-nous bien : j'ai horreur des partouzes organisées. Je n'ai rien contre les élans librement consentis qui peuvent parfois précipiter les uns dans les autres les sacripants bronzés d'un déjeuner sur l'herbe de juin, où l'ivresse mêlée des senteurs d'herbe et de rosé frais peut pousser la secrétaire bilingue à se mélanger les langues, et l'ingénieur des ponts déchaussé à trousser à peine sa cousine assoupie contre le ventre offert et demi-nu que sa camarade de promotion du collège Sainte-Thérèse laisse frémir à la brise. Il est monnaie courante, et gentiment accidentel, que la caresse infime d'une boucle mutine de cheveux fous vienne faire bander un peu la molle pointe brune auréolant le sein au bois dormant de n'importe quelle camarade de promotion du collège Sainte-Thérèse. La faute en incombe au bon Dieu qui inventa le vent du sud pour affoler les entrejambes honnêtes des Hétéro sapiens. On ne saurait en l'occurrence parler de partouze.

Mais chez Priscilla de Lorgasmonte, l'érotisme ne doit rien au hasard. Ici, le déchaînement pluricaleçonnaire est aussi méticuleusement organisé qu'une visite à Chambord d'un troupeau de photomanes nippons. Pour peu qu'ils aient l'humour aux aguets et le sens critique à l'affût, les baiseuses forcenées et les bitailleurs insatiables auront intérêt à les laisser au vestiaire avec leurs sous-vêtements et le sens aigu de leur dignité. On ne peut pas s'envoyer en l'air quand on a le moral en bas.

Vendredi dernier, Priscilla avait bien fait les choses. Les enfilades avaient été soigneusement programmées, cancérologues de gauche et avocates mendésistes d'un côté, prélats giscardiens[1] et préfètes réactionnaires de l'autre, dans le souci évident de ne pas mélanger les membres du gouvernement avec les couilles de l'opposition.

Quand je suis arrivé, tout ce beau monde était au salon et regardait la fin d'*Apostrophes*[2] en commençant de s'entragacer la bloubloute et le gourdin pour ne pas

1. Giscard : célèbre chauve creux de la seconde moitié du seizième arrondissement.

2. *Apostrophes* : émission de télévision très populaire, avec des chaises et des gens dessus.

perdre de temps, car il n'était pas question de se coucher très tard, eu égard au défilé du lendemain matin pour la sauvegarde des libertés démocratiques en Pologne, décidé à l'appel quasi unanime des syndicats, à l'exception de la CGT dont les camarades eussent pu ainsi partouzer jusqu'à l'aube, ce qu'ils ne font jamais, de crainte de se blesser : essayez de faire monter la bébête avec un marteau dans une main et une faucille dans l'autre, et vous m'aurez compris.

– Mes amis, la moquette est à vous », gloussa notre hôtesse en éteignant la télé dont le ciné-club allait diffuser, lui aussi, *La Grande Illusion*.

Appuyé sur un coude dans la pénombre propice, car les pénombres sont toujours aussi propices que les taux actuariels sont bruts, je pétrissais une attachée d'ambassade anglophone qu'un ancien président du Conseil besognait gravement, en ahanant de rauques exclamations bestiales d'où il ressortait en clair que l'aboutissement de ces va-et-vient n'était plus qu'une question de minutes, et que ce bouquet final allait être marqué par un débordement torrentiel remarquable au point de reléguer conjointement dans l'oubli la rupture du barrage de Fréjus et la grande crue de 1910.

J'avais vu quelques jours plus tôt une interview télévisée que ce notable considéré avait accordée au baronnet socialo-filiforme d'une chaîne de télévision gouvernementale[3].

– Monsieur le président », disait le grouillot de presse, « le ministre des Affaires étrangères de la Chine populaire vient de vous faire parvenir l'invitation de son gouvernement à participer à Pékin aux fêtes

3. Plus pléonastique que moi, tu meurs.

anniversaires de l'indépendance de son pays. Avez-vous l'intention, malgré la légère détérioration actuelle des rapports sino-français, d'accepter cette invitation ?

– Oh oui, je sens que je vais venir », avait répondu le président.

Et ce soir, le voici répétant inlassablement cette même phrase, tandis que sous mon nez surpris s'agite en tremblotant comme une gelée molle son flasque cul grêlé irréversiblement blêmi par quarante années de pouvoir assis et de caleçons longs trop flous que n'ensoleillèrent jamais les prairies estivales qu'aima Renoir aux bords de Marne.

Oh oui, je sens que je vais rentrer.

Chapitre fat

où l'auteur, un pétard sur la tempe,
trépigne en vain et s'insurge bruyamment
contre d'éminents professionnels
de la culture qui ne lui ont rien fait.

Je plains les gens petits.
Ils sont les derniers à savoir quand il pleut.
Peter Ustinov.

Haineusement destiné à ceux qui font du neuf avec du vieux, le présent chapitre est une éclaboussure en forme de gerbe que je dépose avec humilité sur la tombe improbable du talent inconnu mort au champ d'honneur, alors que pète en soie le faux talent reconnu des notables des arts.

S'il vous plaît, messieurs les rempailleurs de vieux mythes, voyez les choses en face. Vous n'existez pas. Vous êtes figés. Vous êtes gelés. Surgelés.

Alors, je vous le demande, allons-nous encore vous laisser nous servir du réchauffé ? Ras le bol les ravaleurs besogneux du talent des autres. Il y en a marre des discours culs-pincés des soi-disant détenteurs de la culture qui se vautrent sans vergogne sur les cadavres de Molière, de Marivaux, d'Hugo, de Zola ou de Maupassant dont ils sucent le sang séché jusqu'à nous faire vomir, après quoi, pédants et pontifiants comme de vieux marquis trop poudrés, ils courent pérorer dans les gazettes, expliquant leur vampirisme en s'offusquant hypocritement de ce qu'ils appellent « le désert culturel de cette génération ».

C'est faux. Bande de nécrophages. Il n'y a aucune raison logique pour qu'il y ait moins de talent créateur au XXe siècle qu'au siècle précédent. Ce qui est vrai, c'est que ces vautours salonnards sous-doués, sans autre imagination que celle des morts qu'ils déterrent, détiennent abusivement les clefs de la création artistique dans ce pays, et qu'ils préfèrent crever que de laisser la moindre chance d'exister aux nouveaux Molière, aux nouveaux Léon Bloy, aux nouveaux Chaplin, qui se gèlent les couilles et l'âme aux portes closes des producteurs cinémaniaques, des théâtreux décrépits ou des PDG des chaînes de télévision engoncés dans leur conformisme fossile comme des fémurs de mammouths dans la banlieue de Verkhoïansk.

Parce que vos noms quelconques scintillent présentement aux néons boulevardiers, vous vous croyez peut-être, messieurs les rempailleurs de vieux mythes, au bord de l'immortalité. Vous vous trompez. De même qu'il y a des enfants précoces, il y a des vieillards précoces. Alors même qu'il vous semble vous hisser glorieusement au pinacle des arts nouveaux, vous ne faites, en réalité, que dégringoler doucement dans les charentaises du troisième âge. Rien qu'à vous voir télépérorer, on a envie de vous ôter la prostate.

Attention : qu'on ne vienne pas me taxer de racisme anti-vieux. Non seulement je respecte nos chers anciens – hein, Maman ? –, mais qui pis est, moi-même, comme je me tue à tenter de vous le faire comprendre depuis le début de ce best-seller, je ne me sens plus très jeune.

Mais de grâce, prenez votre retraite, allez réchauffer vos vieux os dans un mouroir à intellos racornis, allez voir à l'Académie française si j'y suis. De toute façon, pour vous, c'est râpé, pépères : dans l'état où vous êtes, vous ne seriez même pas capables d'arrêter les Arabes à moitié. Mais regardez-vous. Vous êtes déjà incontinents. Vous faites Molière sous vous.

Ah ! cornegidouille, si j'étais le bon Dieu ou Jaruzelski, si, au lieu d'être ce misérable bipède essentiellement composé de 65 % d'eau et de 35 % de bas morceaux, je détenais la Toute-Puissance Infinie, ah ! avec quelle joie totale j'userais de ma divine volonté pour vous aplatir, vous réduire, vous écrabouiller, vous lyophiliser en poudre de perlimpinpin ou vous transformer en rasoirs jetables. Ah ! certes, vous êtes durs à jeter, mais qu'est-ce que vous rasez bien.

Alors que vos idoles resteront toujours vivantes dans la mémoire des hommes, grâce à leur immense génie créatif, vous, ridicules oiseaux pique-bœufs vous goinfrant à l'œil sur le dos de l'énorme hippopotame, vous ne laisserez pas plus de traces dans le souvenir culturel de l'humanité que le photocopieur IBM qui vous sert de seul et unique talent.

Chapitre nul

où, au risque de se casser la gueule,
l'auteur soulève son deuxième pied
au-dessus de la tombe,
en masquant, sous un apparent mépris
pour la jeunesse,
la nostalgie qu'il a de la sienne.

Je serais pas été plus avancé
si j'aurais lu tous les livres.
Sergent-chef Pierre-Jean Lenoir,
18e RIT Épinal.

De nombreux observateurs littéraires attentifs, aussitôt suivis par la horde moutonnière des broute-livres salonnards que hante sans trêve l'insupportable cauchemar de ne point être à la mode, ont tacitement décidé un jour que le célèbre auteur de…, l'inoubliable Auteur était l'écrivain le plus doué de sa génération. Avec, à l'appui, force exclamations dithyrambiques sur son univers poético-bizarre.

Que l'Inoubliable Auteur soit l'écrivain le plus doué de sa génération, j'en suis personnellement convaincu. Et je ne doute pas qu'un jour la lecture de ses livres me confortera dans cette opinion.

Mais, sincèrement, je vous le demande en votre putain d'âme de bordel de conscience, peut-on revendiquer comme un exploit le fait d'être le plus doué en écriture, dans cette génération post-soixante-huitarde de consternants tarés analphabétiques débordant d'inculture, tarés que de soi-disant enseignants mongoloïdes, grabataires du cortex avant la quarantaine, continuent de mettre frileusement à l'abri du moindre effort de découverte, pour ne pas perturber leur petit caca d'ego, avec ou sans trique, et ne point épuiser leur frêle intelligence tendre chrysalide.

Je ne parle pas seulement des tout-petits, auxquels on enseigne, dès la maternelle, que chaussure s'écrit avec les pieds, ni des lycéens, dont l'essentiel du bagage culturel enveloppe toute l'époque littéraire allant de *Pif-gadget* n° 1 à *Pif-gadget* n° 38 et qui mettent deux ailes à Molière et aucune à Rimbaud, sordides crétins boutonneux, radieux d'insignifiance.

Non, je parle aussi et même surtout des étudiants en lettres, j'en connais, dans ma propre famille, il y en a plein les coussins où ça se vautre d'ennui en se goudronnant les poumons fumeux face à la télé blafarde d'où suinte inévitablement cette lugubre bouillie verbale de rock à la con écrite directement au balai de chiottes par des handicapés mentaux dont la poésie de fond de poubelle oscille périlleusement entre le bredouillis parkinsonien et la vomissure nauséeuse que viennent leur cracher à la gueule de faméliques débris humains de vingt ans, agonisants précoces, les cheveux et le foie teints en vert par les abus d'alcool et de fines herbes, le tout avec la bénédiction sordide d'une intelligentsia crapoteuse systématiquement transie d'admiration béate pour tout ce qui ressemble de près ou de loin à de la merde.

Voilà comme ils sont les étudiants en lettres de par chez moi : nantis, dorlotés, choyés, brossés, fringués, cirés, chouchoutés, argentés, motorisés, transportés en carrosse jusqu'au cœur des bibliothèques, pour ne pas user leur papattes fragiles de jeunes ni troubler leur putain d'âme de jeunes qu'ont des problèmes de jeunes. C'est le malaise des jeunes qui les opprime ces poussins, c'est ça, pas autre chose : c'est la faute au malaise des jeunes si, après trois années de fac et sept ans de lycée, ils croient encore que le Montherlant est un glacier alpin, Boris Vian un dissident soviétique, et Sartre le chef-lieu de la rillette du Mans. C'est la faute au malaise de la jeunesse si tous ces jeunes tordus séniles précoces n'ont retenu de Jules Renard que les initiales : J.R.

Alors, bien sûr, quand émerge de ce tas de minus avachis un seigneur de la trempe de l'Inoubliable Auteur de…, il n'a guère à craindre de la concurrence.

Pendant ce temps-là, pendant que vous vivotez votre vie creuse, fumiers de fainéants de gosses de riches pourris par la servilité sans bornes de vos vieux cons de parents confits dans leur abrutissement cholestérique, pendant ce temps-là, il y a des enfants de pauvres qui sont obligés, pour ne pas faire de peine à Maman, de se planquer la nuit sous les couvertures avec une pile Wonder et un vieux *Petit Larousse* périmé pour s'embellir l'âme et l'esprit entre deux journées d'usine, avec l'espoir au ventre de mieux comprendre un jour pour tâcher de se sortir du trou.

Ça existe, j'en connais.

Je ne résisterai pas au plaisir de conclure mon exposé littéraire en citant un extrait d'un ouvrage contemporain impérissable et assez révélateur de la verve épique du style des jeunes auteurs modernes. Le livre s'appelle *Entre le ciel et l'enfer*[1], et l'auteur, Julio Iglesias, si j'en juge par la qualité littéraire, a pu se faire aider par un étudiant, voire un professeur de lettres françaises. C'est à la page 195, le chapitre intitulé : « Le pan de ma chemise qui dépassait. » Après avoir raconté dans le chapitre précédent la couleur de

1. Paru aux Éditions IGE.

ses chaussures, l'auteur nous révèle maintenant que, chaque matin, il s'habille :

> « Je passe d'abord ma chemise que je boutonne de haut en bas, puis mon pantalon. [...] Je ne porte pas de ceinture, je n'en ai pas besoin. J'ajuste mon pantalon avec ma chemise par-dessus. C'est ainsi que je me peigne. Je sais que je ne dois pas tout de suite rentrer ma chemise dans mon pantalon, c'est pourquoi je la laisse dépasser le temps de mettre ma cravate. Je porte des cravates toutes simples, de couleur sombre, unies, en soie. Mon pantalon est une sorte de seconde peau que je dois enfiler. C'est là le point commun avec les toreros... Il faut en effet que je tortille, qu'on tire sur le pantalon jusqu'à ce qu'il colle à moi comme une seconde peau. Je mets également mon gilet en le boutonnant lentement et j'ai besoin qu'il me fasse un peu mal et qu'il me serre... Lorsque habillé, je me regarde alors dans la glace, généralement de profil, il m'arrive parfois de pousser un grand cri de satisfaction :
>
> – Ahhhhhhhhh ! »

Je rappelle l'auteur : Julio Iglesias.

Excusez-moi, il faut que j'aille aux cabinets.

Chapitre star

où l'inégalité des droits de l'homme
pousse l'auteur à prendre
son troisième pied pour le mettre
dans son caveau de famille.

Plus belle que moi, tu meurs.
Henri III.

Le plus effroyablement démuni des pauvres peut toujours espérer décrocher un jour le gros lot de la tombola organisée par l'Amicale des Pauvres Effroyablement Démunis. Le laideron, lui, n'a d'autre échappatoire que de ronger son frein d'un bec-de-lièvre machinal, de baisser ses yeux quelconques aux abords des miroirs qui l'insultent, ou de se foutre à l'eau au risque d'effaroucher les murènes.

Quelquefois, je trouve que Dieu pousse un peu.

« Les hommes naissent tous libres et égaux en droits. »

Qu'on me pardonne, mais c'est une phrase que j'ai beaucoup de mal à dire sans rire : « Les hommes naissent tous libres et égaux en droits. »

Prenons une star, une belle star. Elle est belle.

La beauté. Existe-t-il au monde un privilège plus totalement exorbitant que la beauté ?

Par sa beauté, cette femme n'est-elle pas un petit peu plus libre et un petit peu plus égale, dans le grand combat pour survivre, que la moyenne des Homo sapiens, qui passent leur vie à se courir après la queue en attendant la mort ?

Quel profond imbécile aurait l'outrecuidance de soutenir, au nom des grands principes révolutionnaires, que l'immonde boudin trapu qui m'a collé une contredanse tout à l'heure possède les mêmes armes pour asseoir son bonheur terrestre que cette grande fille féline aux mille charmes troubles où l'œil se pose et chancelle avec une bienveillante lubricité contenue ? (Difficilement contenue.)

Quand on a vos yeux, madame, quand on a votre bouche, votre grain de peau, la légèreté diaphane de votre démarche et la longueur émouvante de vos cuisses, c'est une banalité de dire qu'on peut facilement traverser l'existence à l'abri des cabas trop lourds gorgés de poireaux, à l'écart de l'uniforme de contractuelle et bien loin de la banquette en skaï du coin du fond de la salle de bal où le triste laideron, l'acné dans l'ombre, cachant dans sa main grise le bout de son nez trop fort, transi dans sa semi-laideur commune, embourbé dans sa cellulite ordinaire et engoncé dans ses complexes d'infériorité, ne sait que répondre au valseur qui l'invite :

– Je ne peux pas. J'ai le peintre.

Et encore. Le boudin con ne souffre pas. Mais il y a le boudin pas con. Le boudin avec une sensibilité suraiguë. Le boudin qui est beau du dedans. Le boudin qui a dans sa tête et qui porte en son cœur sa beauté prisonnière, comme, dans la chanson, ces gens du Nord qui ont dans les yeux le bleu qui manque à leur décor.

Pourtant, Dieu m'émoustille (merci mon Dieu), la différence est mince entre une beauté et un boudin. Quelques centimètres de plus ou de moins en long ou en large, quelques millimètres de plus ou de moins entre les deux yeux, quelques rondeurs ou aspérités en plus ou en moins par-ci par-là, autour des hanches ou sous le corsage. Des détails. Et à ces détails près, quelle différence y a-t-il entre la star à froufrous pour emplumés saturés d'or du Gotha, et Yvette Le Crouchard, tourneuse-fraiseuse-hideuse sur machine-outil dans la Seine-Saint-Denis ?

A y regarder de plus près, elles sont étonnamment semblables. Elles possèdent l'une et l'autre le même nombre de fesses ou de seins. Les longueurs ajoutées de leur intestin grêle et de leur gros intestin atteignent approximativement huit mètres et demi une fois dépliés et étirés. L'une et l'autre affichent au thermomètre anal une température moyenne de 37° 2, et le corps de l'une comme le corps de l'autre contient grosso modo 70 % d'eau et 30 % de viandes diverses dont certaines, sous l'impulsion salutaire d'influx nerveux variés, leur permettent, au choix, de jouer des coudes, de cligner de l'œil, d'attraper l'autobus, voire de baisser leur culotte sans le secours des voisins en cas d'urgence urogénitale.

J'espère que je ne vous choque pas, jolie madame qui me lisez. Vous auriez tort d'être choquée. D'après une étude approfondie effectuée récemment par mes soins auprès des familiers du Tout-Hollywood des années 60, je suis en mesure d'affirmer aujourd'hui que même Marilyn Monroe faisait pipi.

Ainsi, il est vrai que les similitudes l'emportent sur les dissemblances entre deux êtres humains. L'âge lui-même n'est rien, chère star, si ce n'est que, selon toute probabilité, les asticots auront fini de picorer la guêpière de ma grand-mère quand ils entameront votre ultime robe du soir.

Chapitre proche

où l'analyse odieusement subjective
du comportement social de son voisin
de palier catapulte l'auteur
au trente-sixième dessous sépulcral,
d'où les lecteurs vont finir par souhaiter
qu'il ne remonte pas, tant l'irrémédiable
pessimisme funèbre de la première partie
du présent ouvrage commence
à leur fossoyer le moral,
alors que tout va bien,
les enfants rient dans la cour,
Hélène a mis du rouge et les bombardiers
d'apocalypse restent inaudibles.

Un bon voisin est un voisin mort.
Diogène.

Qui baise trop bouffe un poil.
Moi [1].

Le voisin est un animal nuisible assez proche de l'homme.

Très proche, trop proche. C'est d'ailleurs de cette proximité que naît la nuisance du voisin.

Mais attention : que le voisin soit proche ne doit pas nous inciter à le confondre avec le prochain, ce dernier, contrairement au voisin, pouvant être lointain.

En effet, un prochain lointain reste un prochain, alors qu'un voisin lointain s'autodétruit au bout de trente secondes, sauf s'il déménage en deux-chevaux, auquel cas le temps qui lui est imparti pour plonger dans l'inexistentialité post-voisinale pourra être prolongé du double. En résumé, nous devons aimer notre prochain en toutes circonstances afin de ne pas encourir la colère de Dieu, alors qu'il nous suffira de respecter notre voisin après vingt-deux heures pour ne pas être emmerdés par les flics.

Vingt-deux heures est en réalité l'heure H et le

1. Cette seconde maxime est sans rapport avec ce chapitre, mais je la trouve d'une grande beauté formelle, et je ne savais pas où la caser.

moment clef dans la vie du voisin. Jusqu'à vingt-deux heures, le voisin gnognote à petits pas mous le train-train monocorde de son fourmillement appartemental. Il morigène sa progéniture, reprend du chou braisé, exprime maintes flatulences bucco-anales devant sa télévision, puis il broie du noir et moud du café pour demain, en adressant au chat, en borborygmes choisis concernant la qualité de sa fourrure, un chapelet de compliments féliniens[2] dont la consternante imbécillité m'interdit de vous restituer ici l'énoncé fastidieux.

Sonnent alors les vingt-deux coups de vingt-deux heures, amputés des douze coups de minuit pour des raisons inhérentes à la duodécimalité d'un calcul horaire dont l'ambiguïté foncière a toujours heurté mon incompétence arithmétique congénitale.

Ding ding ding ding ding ding ding ding ding ding.

Vingt-deux heures. Pour le voisin souris grise, c'est l'heure exquise qui le grise. Il cesse de moudre et de morigéner, il éteint le chat et la télé, et colle son oreille rouge[3] contre l'unique objet de son ressentiment : le mur mitoyen, s'il s'agit d'un voisin d'à côté, le plancher, s'il s'agit d'un voisin du dessous, ou le plafond, s'il s'agit d'un voisin volant. Et là, immobile comme un boudin au bal et plus tendu qu'une situation internationale, le voisin, la queue basse et le tympan bandé, naît enfin à la Vie. Car la vingt-deuxième heure est au Voisin ce que la vingt-quatrième est au Vampire : c'est son heure de vérité, sa raison d'être et le moment précis pour lui de satisfaire aux sanguinaires exigences alimentaires qui

2. Avec un seul l et deux yeux verts.
3. « Il est dix heures, plus rien ne bouge
les lobes du voisin sont rouges. »
Jean Genet, *Pavillons*.

conditionneront sa survie au détriment de celle de l'Homme. Pauvres hommes, en vérité, nous n'avons pas de veines, car deux heures avant que le vampire nous les suce, le voisin nous les pompe.

Il écoute, le bougre, les yeux clos, retenant son souffle jusqu'aux frontières de l'apoplexie, il écoute de toutes les forces de son petit cœur mesquin, il écoute à perdre haleine, il écoute à fendre l'âme, il écoute à en mourir.

Quelquefois, il n'entend rien.

Alors le voisin vacille et faseille, l'épaisseur de sa solitude lui saute à la gueule, il rallume un instant le chat, machinalement, et ne sachant plus où coucher sa haine, il va se poser sur la voisine où son ulcère le dispute à Morphée, en attendant la pâle aurore prébureaucratique de son destin maigrichon.

Quelque autre fois, dressant bien l'oreille, il m'entend souffler dans mon saxophone ou dans quelque femme amicale venue nuitamment en mon logis pour comparer sa débauche à la mienne quand nos conjoints sont à Rome où tout converge, si j'ose m'exprimer ainsi.

Alors exulte le voisin.

Bombant sa boîte à côtelettes, il s'outre et se regonfle de bon air pur effleuré de fiente à chat. Il darde enfin sur la vie un œil acide et pétillant comme un mousseux tiède, il frotte ardemment l'une contre l'autre ses mains blanc-jaune aux doigts préservés des injures du travail par trente années passées à séparer les doubles des originaux dans une moite officine de fausses cocottes relevant du ministère de N'importe quoi. Les doigts du voisin sont des bougies éteintes désespérément lisses que seule griffa, Dieu merci sans la moindre séquelle, une agrafe de type trombone dont l'évocation, par simple analogie musicale, nous ramène enfin à ce saxophone qui, en alternance avec la dame susnommée, est à l'origine de l'allégresse adrénalinogène du voisin.

Avec la fébrilité affamée d'un rapetasseur yougoslave exploité dans le vingtième, le voisin compose frénétiquement le numéro de téléphone du commissariat. Au son martial de la voix du sergent de ville de garde, il se courbe et se plie avec humilité en disant : « Bonjour, monsieur le commissaire, envoyez-moi vite une patrouille armée, j'entends qu'on est heureux derrière mon mur. »

Il arrive le plus souvent que les policiers nocturnes, justement effarés par la recrudescence de la délinquance citadine, se refusent à se risquer jusqu'au logis du voisin pour y aller constater le cri clinquant du cuivre ou la plainte agacée de la chair étreinte à l'embouchure de ma camarade de sommier. Le voisin s'en offusque très vigoureusement et tambourine à la cloison jusqu'à se rosir l'épiderme.

Le lendemain, au comble de la colère froide, il me rencontrera par hasard dans l'escalier, et là, frémissant de haine, la bave aux commissures, il plantera son regard dans le mien, et au prix d'un effort surhumain de sa volonté, il ne me dira pas bonjour.

Nous parlions du voisin des villes, venons-en au voisin des champs.

Le voisin des champs est moins bien loti que le voisin des villes, dans la mesure où la distance considérable entre deux logis ruraux le prive à jamais de la jouissance de coller son oreille purpurine[4] contre le mur de

4. « Il est dix heures, on fait pu rin,
les lobes du voisin sont purpurins. »
Aragon, *Fumier*.

l'Homme. Pour ouïr l'improbable saxophone ou la gardeuse d'oies gonflable du plus proche berger, le voisin des champs se verrait pour tout dire contraint de garder sa porte ouverte après vingt-deux heures par tous les temps, voire de prier le pâtre d'en faire autant. Aucun voisin digne de ce nom ne saurait sombrer dans un si profond ridicule. Alors le voisin des champs prend sa plus belle plume, arrachée au merle le plus proche, et il écrit une lettre (voir page suivante).

Tel est le voisin des champs. Frustré jusqu'à l'os de ne point pouvoir matérialiser sa hargne tatillonne vitale dans la réprobation policière des jouissances pastorales nocturnes, il fustige officiellement le chant du coq, dénonce aux autorités le bruissement des cigales, et s'insurge solennellement contre le saut des carpes au clair de lune.

Après quoi, planté dans sa cour, le poing tendu vers Dieu, il entend pousser l'herbe avec indignation.

Association Syndicale
[redacted]
[redacted]

Le [redacted]

Monsieur
[redacted],

Je devais vous écrire depuis plusieurs jours, je me dois de le faire actuellement, concernant le problème d'un coq, qui, sauf erreur devait être sous votre garde et qui par ses "pérégrinations" et ses chants ininterrompus et intempestifs, troubler le calme reposant et nécessaire des habitants du lotissement, gênait et mécontentait par la même plusieurs personnes.

Comme je suis déjà intervenu à propos des chiens, je veux être impartial et vous demande en conséquence de bien vouloir faire le nécessaire si cela n'a déjà été fait pour remédier à cette désagréable situation, dans les meilleurs délais

La tolérance manifesteé dans de nombreuses circonstances ne doit pas être une raison ou un prétexte pour enfreindre la limite du raisonnable

Comptant sur votre compréhension et votre promptitude dans l'exécution des mesures qui s'imposent, je vous prie d'agréer, Monsieur [redacted], mes sincères salutations.

Le Président,

[redacted]

[redacted]

Chapitre beurk

où la haine transpire abondamment
et où l'alexandrin fait figure de cul-de-jatte
à côté de l'auteur dont le nombre de pieds
qu'il a maintenant dans la tombe
dépasse les bornes, l'entendement
et, bien sûr, la douzaine.

– Mexico, Mexiiiiiiiiiiiiiiiiiiiiiiiiiii
– Ta gueule !

Les chanteurs, les racistes, les nazis, les connasses MLF, les misogynes, les charcutiers, les végétariens, les boudins, les médecins sont haïssables. Et moi aussi. Si, si, n'insistez pas.

J'en ai marre des chanteurs.

Qu'est-ce que vous avez tous à chanter dans le poste ? Pourquoi ne faites-vous pas de la peinture ?

D'accord, la peinture à l'huile c'est bien difficile, mais c'est bien plus beau que la chanson à l'eau de rose et que la rengaine à messages. Sérieusement, pourquoi ne faites-vous pas de la peinture ? Même si vous n'êtes pas plus doué pour mélanger les couleurs que pour faire bouillir les bons sentiments, au moins, la peinture, ça ne fait pas de bruit. Vous n'imaginez pas, chers chanteurs, le nombre incroyable de gens, en France, qui n'en ont rien à secouer, de la chanson et des chanteurs. Moi qui vous parle, je vous jure que c'est vrai, je connais des gens normalement intelligents et parfaitement au fait de leur époque qui mènent des vies honnêtes et fructueuses sans vraiment savoir si Iglesias et Lavilliers sont des marques de lessive ou de pâtes aux œufs frais.

Allez, soyez sympa. Faites de la peinture. Ah ! Dieu m'étreigne, si tous les chanteurs du monde voulaient bien se donner le pinceau.

Tenez, c'est simple, je suis prêt à faire un geste. Si vous vouliez nous le shunter une bonne fois pour toutes et vous mettre à la peinture, je m'engage solennellement à mettre à votre disposition l'immense fortune accumulée par ma famille pendant l'Occupation pour financer une radio libre rien que pour vous. Ce serait LA radio que des millions de Français comme moi attendent en vain : ça s'appellerait Radio-Palette, elle vous serait exclusivement réservée, à vous tous, chanteurs et chanteuses de France, et vous peindriez et nous vous écouterions peindre. Le nirvana.

Mais rassurez-vous, il n'y a pas que les chanteurs que je déteste. Je hais toute l'humanité. J'ai été frappé dès ma naissance de misanthropie galopante. Je fais même de l'automisanthropie : je me fais horreur. Je me hais.

Je vous hais, je hais toute l'humanité.

Plus je connais les hommes, plus j'aime mon chien. Plus je connais les femmes, moins j'aime ma chienne.

Je n'aime pas les racistes, mais j'aime encore moins les nègres.

Je voue aux mêmes flammes éternelles les nazis pratiquants et les communistes orthodoxes.

Je mets dans le même panier les connards phallocrates et les connasses MLF.

Je trouve que les riches puent et je sais que les pauvres sentent, que les charcutiers ont les yeux gras et les végétariens les fesses glauques. Maudite soit la sinistre bigote grenouilleuse de bénitier qui branlote son chapelet en chevrotant sans trêve les bondieuseries incantatoires dérisoires de sa foi égoïste rabougrie. Mais maudit soit aussi l'anticlérical primaire demeuré qui fait croacroa au passage de mère Teresa.

C'est dur à porter, une haine pareille, pour un homme seul. Ça fait mal. Ça vous brûle de l'intérieur. On a envie d'aimer mais on ne peut pas. Tu es là, homme mon frère, mon semblable, mon presque-moi. Tu es là, près de moi, je te tends les bras, je cherche la chaleur de ton amitié. Mais au moment même où j'espère que je vais t'aimer, tu me regardes et tu dis :

– Vous avez vu Serge Lama samedi sur la Une, c'était chouette.

Aujourd'hui, ce matin même, j'ai cru rencontrer l'amour vrai, et une fois de plus ma haine viscérale m'a fermé le chemin de la joie.

C'était une jeune femme frêle aux yeux fiévreux. Son front large et rond m'a tout de suite fait penser à Geraldine Chaplin. Elle avait un teint diaphane, les lèvres pâles et la peau d'une blancheur exquise, comme on n'en voit plus guère depuis que toutes ces dindes se font cuivrer la gueule à la lampe à souder pour se donner en permanence le genre naïade playboyenne émergeant de quelque crique exotique, alors qu'elles ne font que sortir du métro Châtelet pour aller pointer chez Trigano.

Elle non. Elle était évidente et belle comme une rose ouverte au soleil de juin. Dans la tiédeur ouatée de cette brasserie, elle paraissait m'attendre tranquillement, sur la banquette de cuir sombre où sa robe de soie légère faisait une tache claire et gaie vers laquelle je me sentais aspiré comme la phalène affolée que fascine la flamme vacillante d'une bougie. Sans réfléchir, je me suis assis près d'elle. Pendant que je lui parlais, ses doigts graciles tremblaient à peine pour faire frissonner un peu le mince filet de fumée bleue montant de sa cigarette.

– Ne dites rien. Je ne veux pas vous importuner. Je ne cherche pas d'aventures. Je n'ai pas de pensée trouble ou malsaine. Je ne suis qu'un pauvre homme prisonnier de sa haine, qui cherche un peu d'amour pour réchauffer son cœur glacé à la chaleur d'un autre cœur. Ne me repoussez pas. Allons marcher ensemble un instant dans la ville. Ouvrez-moi votre âme l'espace d'un sourire et d'une coupe de champagne. Je ne vous demanderai rien de plus.

Alors cette femme inconnue s'est tournée vers moi, et son regard triste et lointain s'est posé sur moi qui mendiais le secours de son cœur, et elle m'a dit – et je garderai à vie ses paroles gravées dans ma mémoire :

– Je peux pas, je garde le sac à ma copine qu'est aux ouaters.

Je vous hais tous. J'en suis malade.

Je suis allé voir un médecin. J'ai pris un taxi. Je hais les taxis. Il n'y a que deux sortes de chauffeurs de taxi : ceux qui puent le tabac, et ceux qui vous empêchent de fumer.

Ceux qui vous racontent leur putain de vie, qui parlent, parlent, parlent, les salauds, alors qu'on voudrait la paix.

Et ceux qui se taisent, qui se taisent, rien, pas bonjour, alors qu'on est tout seul derrière, au bord de mourir de solitude…

Il y a ceux qui sont effroyablement racistes et qui haïssent en bloc les femmes, les provinciaux et les émigrés, et il y a ceux qui sont même pas français, qui sont basanés et qui ne savent même pas où est la place de la Concorde.

Alors j'ai dit au docteur :

– Docteur, je n'en peux plus. Je suis malade de haine. Ce n'est plus vivable. Faites quelque chose.

Il m'a dit : « Dites 33 » et il m'a collé des antibiotiques.

Je hais les médecins.

Les médecins sont debout. Les malades sont couchés.

Le médecin debout, du haut de sa superbe, parade tous les jours dans tous les mouroirs à pauvres de l'Assistance publique, poursuivi par le zèle gluant d'un troupeau de sous-médecins serviles qui lui colle au stéthoscope comme un troupeau de mouches à merde sur une bouse diplômée, et le médecin debout glougloute et fait la roue au pied des lits des pauvres qui sont couchés et qui vont mourir, et le médecin leur jette à la gueule, sans les voir, des mots gréco-latins que les pauvres couchés ne comprennent jamais, et les pauvres couchés n'osent pas demander, pour ne pas déranger le médecin debout qui pue la science et qui cache sa propre peur de la mort en distribuant sans sourciller ses sentences définitives et ses antibiotiques approximatifs, comme un pape au balcon dispersant la parole et le sirop de Dieu sur le monde à ses pieds.

Chapitre pieux

où la mort de Dieu crée enfin
une heureuse diversion
dans le présent catalogue
de gémissements létaux.

Non seulement Dieu n'existe pas,
mais essayez donc de trouver
un plombier pendant le week-end
Woody Allen.

La nouvelle vient de tomber sur les téléscripteurs. Sèche. Aride. En trois mots : « Dieu est mort. »

Dieu s'est éteint il y a moins d'une heure, en son domicile paradisiaque, à la suite d'une longue et cruelle maladie. Il était âgé de… Il était âgé.

Il est encore trop tôt pour mesurer pleinement la portée de cette disparition dont les conséquences pèseront sur l'humanité tout entière. Tout ce que l'on peut dire actuellement, c'est que le gouvernement, réuni en séance extraordinaire moins d'une heure après avoir appris la nouvelle, a décidé, en signe de deuil, d'interrompre pendant un quart d'heure les ventes d'armes que la France envoie traditionnellement au Tiers-Monde afin de contribuer en bonne place au génocide international. D'autre part, les drapeaux seront mis en berne sur l'ensemble du territoire français, et la deuxième chaîne de télévision diffusera dès ce soir, en hommage à Dieu, le chef-d'œuvre de Robert Bresson : *Dieu sifflera trois fois*, avec Louis de Funès dans le rôle du gendarme.

Par chance, si j'ose dire, dès que la nouvelle de la mort de Dieu a été rendue publique, un homme s'est proposé spontanément pour venir évoquer avec nous la mémoire de l'auteur de... l'auteur du ciel et de la terre. Il s'agit d'Henri de Nazareth, qui est...

HENRI

Vous pouvez m'appeler Riton.

REPORTER

... Riton de Nazareth, qui a très bien connu Dieu.

HENRI

En effet, n'est-ce pas, j'ai très bien connu Dieu, puisque nous étions parents. J'étais le beau-frère à sa femme. Vous n'êtes pas sans savoir que Dieu avait un fils. Sa mère, Marie Limaculé (la femme de Dieu donc – vous me suivez ?), avait un oncle dont le cousin germain du frère de la bru était un Limaculé lui aussi. Je suis donc le beau-frère de la femme à Dieu.

REPORTER

Comment Dieu était-il dans la vie courante ? On dit qu'il était resté très simple ?

HENRI

Dieu était infiniment bon et infiniment aimable, comme cela est dit très justement dans sa biographie. Ce qui frappait d'emblée, chez Dieu, c'était son égalité d'humeur, même quand il lui arrivait de déconner. Car il déconnait. Divinement, certes, mais ça lui arrivait...

REPORTER

Souvent ?

HENRI

Ah oui, quand même. La peste, Dachau, Hiroshima, tout ça c'était lui. Même la défaite de Saint-Étienne devant Nantes, c'était lui. Il ne faut pas avoir honte de le dire.

REPORTER

Riton de Nazareth, vous avez vécu dans l'intimité de Dieu. Était-il heureux ?

HENRI

Je vous arrête. Il est inexact de dire que j'ai vécu dans l'intimité de Dieu : c'est mon beau-frère, qui est au ciel. C'est lui qui connaissait très très bien Dieu.

REPORTER

Oui, c'est vrai. On dit même que votre beau-frère était assis à la droite de Dieu.

HENRI

Oui, c'est normal : c'est la place du mort. Vous me demandiez si Dieu était heureux. Je vais vous faire une révélation qui ne manquera pas de surprendre. Dieu n'était heureux qu'en mangeant des nouilles. Dieu adorait les nouilles.

REPORTER

L'œuvre de Dieu était immense puisque, je le rappelle, c'est lui qui avait créé le ciel et la terre, les étoiles – vous me coupez si je me trompe…

HENRI

Non, non, c'est ça, le ciel, la terre, les étoiles, les nouilles aussi. En fait, l'univers entier fut créé par Dieu, n'est-ce pas ?

REPORTER

Oui, mais maintenant que Dieu est mort, à qui va aller cette immense fortune ?

HENRI

Dieu avait pris ses précautions. Avant de mourir, il avait mis l'essentiel de son œuvre au nom du Père, du Fils et du Saint-Esprit.

REPORTER

Une dernière question, Henri de Nazareth. Que va devenir le monde sans Dieu ?

HENRI

C'est une excellente question. Je vais vous répondre franchement. Il faut voir la vérité en face. Dieu est mort, il va nous falloir faire avec.

REPORTER

Sans.

HENRI

Plaît-il ?

REPORTER

Dieu est mort, il va nous falloir faire sans. Pas avec.

HENRI

Écoutez, je ne vous ai pas interrompu, alors s'il vous plaît, je vous en prie. Dieu est mort, il va falloir nous y habituer. Hélas. Sans Dieu, je prévois le pire. Dans un monde sans Dieu, les hommes vont avoir à supporter les pires épreuves : les bombes à neutrons, les cancers du poumon, les femmes infidèles, les impôts, la famine dans le Tiers-Monde, l'augmentation du prix du caviar chez Petrossian, et au bout de tout ça, la mort.

REPORTER

La mort ? ? ?

HENRI

La mort.

REPORTER

Nom de Dieu.

HENRI

Je vous en prie.

Chapitre mort

où l'auteur rencontre enfin la mort
et décide qu'il n'en veut pas pour des
raisons tellement mesquines
qu'on se prendrait
à douter de la sincérité
des chapitres chauve à pieux.

Black is beautiful.
Homère.

Le dégagement de l'âme est moins pénible
à la suite d'une longue maladie.
Léon Denis, Après la mort.

J'ai rencontré la mort.

Si je vous dis où, vous n'allez pas me croire. J'ai rencontré la mort à l'angle du boulevard Sébastopol et de la rue Blondel[1].

– Tu viens, chéri ?

C'était une voix presque inhumaine à force de beauté, une voix aspirante, la même sans doute qui faillit perdre Ulysse. Je freinai pile des deux pieds et me tournai vers elle. Ah là là. Ah là là là là. Je me doutais bien que la mort était femelle, mais pas à ce point. Elle avait mis ses cuissardes noires d'égoutier de l'enfer et son corset des sombres dimanches d'où jaillissaient ses seins livides et ronds comme l'Éternité. Son visage d'albâtre maquillé d'écarlate irradiait de cet ultime état de grâce enfantine nourri d'obscénité tranquille et d'impudeur insolente qui vient aux adolescentes à l'heure trouble des premiers frissons du ventre.

– Tu viens, chéri ?

1. Je le signale à l'intention des ploucs et de la fraction dure des séminaristes intégristes ligaturés de la trompe, la rue Blondel est ce qu'il est convenu d'appeler une rue chaude.

Je m'attendais à ce qu'elle ajoutât les vers qu'elle chanta naguère pour attirer le poète dans le guêpier de sa guêpière :

Si tu te couches dans mes bras
alors la vie te semblera
plus facile.
Tu y seras hors de portée
des chiens des loups des hommes et des
imbéciles.

– Alors, tu viens ?

– Je ne peux pas, madame. Pas aujourd'hui. Aujourd'hui ça ne m'arrange pas de mourir. C'est bientôt Noël, n'est-ce pas, comprenez-moi.

Il faut vous dire que je revenais des grands bazars voisins, les bras chargés de paquets pour les enfants. Toute la ville frémissait et trépidait de cette espèce d'exaltation électrique et colorée qui agite les familles autant qu'elle racornit les solitaires, à l'approche de Noël.

– Non vraiment, je ne veux pas mourir aujourd'hui, madame. J'ai le sapin à finir…

– Ne sois pas idiot. Viens chéri. Si c'est le sapin qui te manque, je t'en donnerai, moi.

– Mais puisque je vous dis que je ne veux pas mourir.

– Pourquoi ?

– Pardon ?

– Sais-tu seulement pourquoi tu ne veux pas mourir ? » dit encore la mort.

– Euh… je ne sais, moi. J'ai encore envie de rire avec ma femme et mes enfants. J'aime bien mon travail. Je n'ai pas fini de mettre mon bordeaux en bouteilles et j'attends un coup de fil de Maman. Et puis d'abord il faut que j'aille chercher mes chaussures chez le cordonnier de la rue des Pyrénées. Voilà.

– Mon pauvre garçon. Tu es lamentable. Pour la première fois de ta vie, tu as la chance de voir la mort en face, et au lieu de coucher avec moi, tu t'accroches à ton histoire de pompes même pas funèbres. Enfin, mon chéri, sois raisonnable. Regarde autour de toi. Es-tu vraiment sûr de n'en pas avoir assez de cette vie de con ?

Évidemment. Je jetai un regard circulaire sur le boulevard où la pluie glacée détrempait le trottoir gris, sale, jonché des mille merdes molles des chiens d'esclaves. Mes frères humains trépignaient connement entre les bagnoles puantes d'où s'exhalaient çà et là les voix faubouriennes et cassées des chauffards éthyliques englués à vie dans l'incurable sottise des revanchards automobiles glapissant de haine et suintant d'inintelligence morbide.

La vulgarité tragique de la vitrine du Conforama voisin me donna soudain la nausée. Trois grands nègres souillés de misère et transis de froid s'y appuyaient en grelottant dans la dignité autour des balais de caniveaux pour lesquels ils avaient quitté la tiédeur enivrante de leur Afrique natale.

A la devanture du kiosque du Sébasto, la guerre menaçait partout, la princesse de Moncul épousait le roi des Cons, le franc était en baisse et la violence en hausse, les journalistes hébétés crétinisaient au ras des perce-neige, un chanteur gluant gominé affichait aux anges un sourire aussi élégant qu'une cicatrice de césarienne ratée, le ministre des machins triomphait d'incompétence, le roi du football tout nu sous la douche crânait comme un paon mouillé ravi de montrer sa queue à tous les passants, les cervelles éclatées collées aux carrosseries racontaient en multicolore le grand carambolage meurtrier de l'autoroute : le poids des morts, le choc des autos, et la traditionnelle grognasse du mois racolait l'obsédé moyen avec ses oreilles en prothèse de lapin et ses nichons remontés, luisants de glycérine.

– Alors, tu viens chéri ? » dit encore la mort, dans un souffle infernal et brûlant qui m'envahit le cou jusqu'à la moelle. « Allez, viens. Je te promets que la nuit sera longue. Je te ferai tout oublier. Tu oublieras la pluie, ta vieillesse qui pointe, les passages cloutés, les bombes atomiques, le tiers provisionnel et l'angoisse quotidienne d'avoir à se lever le matin pour être sûr d'avoir envie de se coucher le soir.

– Excusez-moi, madame, mais j'hésite. D'un côté, il est vrai que ce monde est oppressant. Mais d'un autre côté, depuis que j'ai connu ces étés lointains dans le foin, avec une mirabelle dans une main et la fille du fermier dans l'autre, j'ai pris l'habitude de vivre. Et l'habitude, au bout d'un temps, ça devient toujours une manie, vous savez ce que c'est. Alors bon, mourir comme ça, là, maintenant, tout de suite, sans cancer ni infarctus, à la veille de Noël, ça la fout mal. Avec la panoplie de Zorro et la poupée qui fait pipi toute seule dans les bras, j'aurais peur de rater ma sortie. Et puis j'imagine ma femme, en haut de son escabeau, accrochant ses guirlandes, quand on lui apprendra la nouvelle : “Madame. Soyez courageuse. Votre mari… c'est affreux.” Et elle : “Oui, c'est toujours pareil, il n'est jamais là quand on a besoin de lui, c'est toujours les mêmes qui accrochent les guirlandes.”

EN ATTENDANT LA MORT

Alors la mort haussa les épaules et se rabattit sur un petit vieux propret qui rentrait réveillonner tout seul dans sa chambre de bonne. A minuit, il aurait rempli son verre de mousseux pour trinquer avec sa télé noir et blanc.

Elle l'a baisé à mort, à même le trottoir.

Fin de la première partie et consécutivement orée de la seconde

A l'orée de la seconde partie de cet opusculaillon, une question se pose : peut-on dire « l'orée » en parlant d'un livre, alors que Pierre Larousse définit l'orée comme la lisière d'un bois, et de rien d'autre ?

Dans l'incertitude, rassurons-nous cependant en nous rappelant que le vaillant lexicographe susnommé lutta toute sa vie contre le doute existentiel qui l'habitait en décrétant çà et là, avec une brutale autorité tyrannique de façade, dans sa grande encyclopédie péremptoire, un incroyable chapelet de définitions définitives que la loi ne nous empêche en rien de contester. Souvenons-nous, par exemple, du traitement qu'il infligea naguère à l'un de nos plus joviaux adverbes : GAIEMENT : *adv.* Avec gaieté : *aller gaiement à la mort.*

A l'orée de la seconde partie de cet opusculaillon, une autre question se pose : devons-nous aller gaiement à la mort ? Pouvons-nous, au moins, vivre heureux en l'attendant ?

Je réponds oui.

Je réponds oui avec une tranquille assurance, bien que je ne sois pas plus qualifié que le pape ou Lénine pour distribuer des règles de vie à mes contemporains dont la solubilité dans l'humus final reste, après tout, la seule certitude palpable. Cependant, malgré l'inévitable terminus asticotier du voyage où pourriront jusqu'à tes cheveux si doux à mon cou, malgré la colossale improbabilité de la survie de nos âmes dans un au-delà de cumulo-nimbus parsemé de connards flottant en chemises de nuit traitées Soupline, malgré, enfin, l'extrême fragilité des témoignages approximatifs de l'existence de Dieu, il y a toujours une petite raison d'espérer. Même le plus noir nuage a toujours sa frange d'or, disait Théodore Botrel, qui vient de sauter dans la dernière édition du *Larousse illustré*. C'est d'ailleurs la seule fois qu'il ait jamais sauté. Et pour cause : quelle femme honnête eût jamais ouvert son cœur et ses cuisses à un bougre benêt de bourgeois bigot, plus con que breton au demeurant, dont le comble de la salacité conjugale consistait à s'exhiber en caleçon mou devant sa légitime en lui disant :

– Même le plus noir nuage a toujours sa frange d'or.

J'ai rencontré une immense raison d'espérer pas plus tard qu'hier : Sur le point de terminer une urgente missive administrative, je me suis aperçu que ma machine à écrire se refusait soudain à frapper la lettre « ».

Merde, ça recommence. Merde. Merde. Merde. A quoi bon la vie ? Quelle raison de sourire, même pour rire, me reste-t-il ? Qu'est-ce que vous voulez que je foute avec une machine qui ne veut même pas taper les « » ? Les *z* ? Merci.

Cette anomalie ne m'avait en rien gêné avant la formule de politesse. C'est seulement en écrivant : « Veuille agréer, Monsieur le Ministre du Budget... »

que je compris que quelque chose clochait dans la mesure où, d'un naturel volontiers farouche, et fort exigeant dans le choix de mes relations, il m'arrive moins souvent de condescendre à tutoyer un ministre que de toucher du doigt le fond de la misère humaine en titillant une vendeuse de l'*Huma-Dimanche* dans un parking du Val-de-Marne.

En effet, la barre du *z* était coincée par la barre du *s* qui la jouxte.

Pourquoi ? Pourquoi ? m'affolai-je.

Faut-il que le ciel nous soit haineux pour que l'homme soit un chacal pour l'homme, pour que les guerres à venir n'épargnent plus que les militaires, pour que la lèpre et la faim rongent des enfants sages, pour que Vasarely ait le droit de peindre et pour que mon *s* coince mon *z* !

Pourquoi ? Ah que nous vienne un sauveur ! Pourquoi orro n'arrive-t-il pas avec son cheval et son grand chapeau ?

Pourquoi tant d'inextricables détresses alors qu'au fond l'homme est bon, puisque Bernard, le fils adoptif de ma concierge, a desserré le bidule qui est sous le bitonio derrière le truc du ruban où on se noircit les doigts quand on touche au machin qui se soulève quand on tape.

Et maintenant mon *z* marche, tandis que le jour descend sur Paris qui s'agite à mes pieds dans cette voluptueuse crépusculade de juin où la chaleur tremblotante du bitume des trottoirs remonte sous les jupes des caracolantes amoureuses qui claquent du talon vers les soupentes estivales des charnelles Saint-Jean.

Écoute un peu le merle et fais-moi voir tes seins.

Vivons heureux en attendant la mort.

Vivons heureux

Chapitre vif

où, plutôt que de ruminer
sur l'angoisse de l'avenir,
l'auteur apprend à profiter
de l'instant présent
en regardant jouir deux ongulés.

Le temps est comme la cascade.
Tu ne l'empêcheras pas de couler
mais tu peux t'y tremper pour en jouir
et pour y boire à ta santé.
Proverbe aquaphile.

Quand les pachas dorment,
les pachis derment.
Annie Balle.

Le temps tue le temps comme il peut.
Georges Brassens.

Oooooooooooooo ! O temps suspends ton vol. Mon Dieu mon Dieu ! Comme le temps passe et nous glisse entre les doigts.

O arrêter le temps ! Repousser à jamais l'heure inéluctable du tombeau ! Mais non, hélas, la Camarde ricane et nous guette sans hâte, tandis que sournoisement d'heure en heure nous ne cessons de nous flétrir, de nous racornir, de nous friper, de nous tasser lentement mais sûrement jusqu'au stade ultime où les microbes infâmes nous jailliront des entrailles pour nous liquéfier les chairs et nous réduire à l'état d'engrais naturel. Qu'es-tu devenue, toi que j'aimais, qui fus pimpante et pétillante, bouche de fraise et nez coquin, qu'est-ce que tu fous sous ton cyprès ? Qu'es-tu devenue ? Oh je sais. Tu es devenue : azote 12 %, acide phosphorique 17 %, sels de phosphate 31 %, âme zéro.

Arrêter le temps.

Je connais malgré moi, à mon corps défendant et à mon cul défendu, dans mon voisinage, une dinde para-artistique que je hais particulièrement et de tout mon cœur. Une de ces attachées de fesses pour relations bibliques qui secouent leur incompétence en gesticulant vainement sur les plateaux de télévision et dans les cocktails littéraires où elles fientent sans grâce leur sous-culture de salon, un doigt d'Albert Cohen, deux doigts de Laura Ashley, un zeste de Bobby Lapointe... lequel avant d'être mode mourut au reste dans l'indifférence totale de la France entière, excepté le quatorzième arrondissement de Brassens et Fallet, mais je m'égare, et pas seulement de Montparnasse, bref, je connais une connasse dont au sujet de laquelle je me demande pourquoi j'en parle.

Ah oui, c'était à propos du temps qui passe.

Alors bon, cette remarquable imbécile cogna l'autre jour à mon huis, dans le but de nous emprunter je ne sais plus quel appareil électronique, quand ma fille cadette, qui va sur ses six ans sans s'arrêter de courir après les Indiens, lui déboula dans l'entrejambe à la suite d'une fausse manœuvre de son vaisseau spatial conduit par Rox, Rouky ou Superwoman, va savoir...

– Hi, hi, hi, ma chérie ! Hi, hi, hi, comme elle est mignonne ! On est une grande fille, dis donc.

Et à moi :

– Alala qu'est-ce qu'elle a grandi depuis la rentrée !

– Mais non », lui dis-je. « Mais non, elle n'a pas grandi. Elle a vieilli. Elle est de plus en plus vieille. Elle a déjà perdu ses premières dents. D'accord, elles vont repousser, mais après ? Fini. Et après les dents, les cheveux. Quelle horreur. Le temps nous pousse. Sans répit depuis le berceau le temps nous pousse, le temps nous presse sans trêve vers le trou final : tic tac, tic tac, tic tac, merci, cloaque.

Arrêter le temps.

Connaissez-vous cette légende africaine que racontent encore à la veillée les vieux pêcheurs du Nil de Bahr el-Abiad ? Elle raconte le temps qui passe et la mélancolie de toute chose, et les vieux la psalmodient inlassablement en ravaudant leurs filets, pour que les jeunes piroguiers écervelés apprennent que la vie n'est pas éternelle et que, comme le disait désespérément Aragon, « le temps d'apprendre à vivre, il est déjà trop tard ».

C'était il y a longtemps, longtemps, avant que l'Homme blanc ne vienne troubler le calme lourd des chauds plateaux du Sud avec ses clairons d'orgueil et son attirail à défricher les consciences. Un soleil de plomb tombait droit sur le Nil Blanc où les bêtes écrasées de chaleur venaient se tremper la tête jusqu'au garrot pour boire goulûment l'eau tiède et marécageuse. Au risque de se noyer, quelques oiseaux passereaux s'ébrouaient violemment dans la purée boueuse, à la frange glauque du fleuve. Au loin, un petit de chien sauvage égaré dans les herbes grillées de soleil hurlait, la gorge sèche, la plainte infinie des agonies brûlantes.

Au beau milieu du fleuve, totalement irréfutables, deux énormes hippopotames ne laissaient paraître aux regards que les masses immobiles de leurs dos gris jaunâtre au cuir craquelé de boues éparses et d'algues mortes. Seuls, paisibles, au milieu de toute cette faune abrutie de torpeur torride, les deux balourds faisaient des bulles. Mais qu'on ne s'y trompe pas. L'hippopotame n'est pas qu'un tas de lard essoufflé. L'hippopotame pense. L'hippopotame est intelligent. Et justement, tandis qu'un gros nuage porteur de pluies improbables venait ternir un instant l'éclat métallique de ce soleil d'enfer, l'un des deux mastodontes émergea soudain des eaux sombres son incroyable trogne mafflue de cheval bouffi. Ses immenses naseaux sans fond se mirent à frémir et à recracher des trombes d'eau dans un éternuement obscène et fracassant. Puis il se mit à bâiller. C'était un bâillement cérémonial, lent et majestueux, qui lui déchira la gueule en deux, aux limites de l'éclatement, en même temps qu'étincelait l'ivoire blanc de sa bouche béante et que montait aux nues son beuglement sauvage. Presque aussitôt, le second hippopotame, à son tour, sortit sa tête de l'eau en s'ébrouant frénétiquement. Puis les deux mastodontes se regardèrent longuement, à travers leurs longs cils nacrés.

Alors, après avoir humé prudemment de droite et de gauche l'air saturé de chaleur électrique, le premier hippopotame dit à l'autre :

– C'est marrant. Je n'arrive pas à me faire à l'idée qu'on est déjà jeudi.

Passe le temps et passent les semaines. Les hippopotames ont le spleen. Les jours sont opaques. Les nuits sont de cristal, mais l'hiver nous les brise.

Chapitre sourd

où il apparaît que le malheur
des uns peut être une source inépuisable
de joie et un perpétuel enchantement
pour les autres,
et où il est suggéré que la vie
ne vaudrait pas d'être vécue
si l'on n'y rencontrait pas çà et là
quelques infirmes à conspuer.

A trop regarder tomber les aveugles,
le sourd oublie sa peine.
Jésus-C., Footing en Palestine.

Quoi qu'il ait pu en coûter
à ma dignité sacerdotale,
et malgré le respect sacré
que j'ai des lieux saints
par l'effet de ma foi invincible,
je dois dire que j'ai bien rigolé
en voyant s'écrouler la basilique de Lourdes.
Mgr de La Croix-Léger,
archevêque de Lisieux.

Mon premier souvenir d'un spectacle de mime remonte à plus d'un quart de siècle. J'étais alors un fort bel enfant bouclé aux grands yeux noisette dont les joues de pêches délicatement duvetées... J'arrête, ça m'excite.

Quelques heures avant la représentation, j'étais rentré du lycée, par le métro : le chauffeur de Mère était aux sports d'hiver alors que, tout petit, déjà, je ne savais pas conduire les automobiles.

Or, dans ce compartiment de métropolitain, le hasard voulut que je tombasse sur une demi-douzaine d'individus des deux sexes [1] qui gesticulaient désespérément en s'autobalançant des mandales dans la tronche sans dire un mot. C'était mon premier contact avec une équipe de sourds-muets.

De nos jours, grâce aux efforts salutaires des uns et des autres pour une plus grande solidarité entre les hommes, grâce aussi au développement des idées nouvelles qui nous ont permis de comprendre enfin que

1. C'est-à-dire un sexe chacun, mais pas forcément tous le même.

les handicapés sont des gens comme les autres, nous pouvons nous fendre la gueule tous les jours à la télévision en regardant le journal des sourds et des non-entendants.

Mais, dans les années 50, les malheureux sourds-muets n'avaient point encore de tribune pour s'exprimer entre eux et se communiquer un peu de chaleur humaine par le biais de leur désormais traditionnelle danse du scalp sans les jambes sur Antenne 2 ou 3.

Aussi l'enfant que j'étais, comme tout être humain confronté à l'étrange et à l'inconnu, ne pouvait-il qu'être partagé entre la crainte confuse et une vague commisération pour ces pauvres gens.

C'est pourquoi, quand le soir même de cette pénible rencontre métropolitaine le rideau du théâtre se leva, mon cœur naïf d'enfant fragile se souleva d'horreur. J'avais été élevé dans l'amour de Dieu et l'application permanente de la charité chrétienne avec une telle exigence dans le respect des saints sacrements que, quelques jours plus tôt, Maman avait voulu que l'hostie de ma communion solennelle à la Madeleine fût faite à la main chez Fauchon. Mon cœur tout neuf, dis-je, se souleva d'horreur quand je compris ce soir-là que les mimes ne faisaient que gagner ignominieusement leur vie en se moquant ouvertement des malheureux infirmes sourds-muets dont j'avais le jour même touché du doigt l'immense détresse. Ah, Dieu me la coupe[2], jamais, aussi longtemps que je vivrai, c'est-à-dire une bonne quarantaine d'années, j'espère, mon Dieu, s'il vous plaît, faites pas le con, ne réveillez pas mes métastases, j'ai déjà faim du printemps prochain, je

2. Vous ai-je seulement dit que le Bougre était ressuscité ?

veux rire encore et manger du confit d'oie, s'il vous plaît mon Dieu, merci.

Jamais, disais-je avant d'être grossièrement interrompu par Dieu, jamais je n'oublierai cette journée. D'abord ces pauvres gens couverts de bleus à force d'essayer de se dire bonjour en s'autofilant des baffes, et ensuite ce monstrueux clown au cynisme glacé, la gueule enfarinée pour qu'on ne le reconnaisse pas, qui singeait sans pitié ces pauvres sourds-muets devant un parterre repu de bourgeois gloussants et de mémères glapissantes, l'âme au sec et le fibrome dans le vison. Ah chrétiens, vous ne méritez pas Jésus.

Bien sûr, je vous l'accorde, les infirmes sont ridicules. Mais qu'ils soient handicapés physiques ou mentaux, est-ce vraiment leur faute ? Qu'ils soient débiles profonds, hydrocéphales, trichromosomiques ou speakerines à la télévision, les handicapés, moteurs ou carrosserie, ont le droit au respect. Les aveugles ont le droit de regard sur les sourds, les sourds ont le droit d'entendre les doléances des muets. Les culs-de-jatte ont le droit de vivre sur un grand pied et, comme le disait récemment l'ineffable docteur Tordjmann, la quéquette pensante des hôpitaux de Paris, les manchots eux-mêmes ont le droit de prendre en main leur sexualité.

Je ne résiste pas au plaisir d'illustrer mon propos par une anecdote authentique, une histoire d'aveugle.

Cette histoire, je la dédie tout spécialement aux milliers d'aveugles qui me lisent et qui ont, j'en suis sûr, mille fois plus d'humour que les faux-culs qui leur font l'aumône de leur pitié rabougrie en les baptisant « non-voyants » avec une pudibonderie de bigots culs-pincés tout à fait répugnante. Mais qu'attendre d'autre de ce siècle gluant d'insignifiance où l'hypocrisie chafouine est instaurée en vertu d'État par la lâcheté des cuistres officiels qui poussent la fourberie jusqu'à chialer sur la Pologne en achetant du gaz aux Russes.

Un soir que Ray Charles venait de donner un récital triomphal au Royal Festival Hall de Londres, une journaliste débutante, émue aux larmes par tant de talent, vint l'interviewer en tremblant dans sa loge.

– C'était magnifique, monsieur, vous m'avez fait pleurer ! » dit cette jeune fille. « Il y a dans votre voix déchirée tout l'espoir du monde. C'est... c'est plus qu'un chant d'amour, c'est un cri de vie ! Mais euh... ce doit être horrible d'être aveugle. Comment faites-vous pour exhaler tant de joie malgré cette nuit totale où vous êtes enfermé ?

– Bof », répondit Ray Charles, « faut se faire une raison, ma petite dame. Vous savez, on trouve toujours plus malheureux que soi. J'aurais pu être nègre...

Chapitre pitre

où l'auteur prétend qu'il faut rire de tout,
avec un aplomb qui devrait logiquement
lui valoir l'excommunication, le retrait
de sa carte du parti, et l'indignation pincée
du décoré monopode réanimateur
de la flamme sacrée
réchauffant à jamais
le tombeau prétentieux
du mouton inconnu mort
pour la France pendant
la guerre contre les Allemands
et les Français [1].

1. « 14-18 ? C'est la guerre contre les Allemands et les Français » (réponse d'un enfant de dix ans à une question de Michel Polac, émission Droit de réponse, TF1, 13 décembre 1982).

Arrête, c'est trop.
Henri Bergson.

Il faut rire de tout. C'est extrêmement important. C'est la seule humaine façon de friser la lucidité sans tomber dedans.

Jean Moulin disait...

Merde. Que disait Jean Moulin ?

Ah oui. Jean Moulin disait : « Serré, pour moi, l'expresso, madame Germaine. »

C'était en juin 1943, à Lyon, quelques jours avant sa mort.

J'en ris encore.

Le rire. Parlons-en, et parlons-en maintenant. Les questions qui me hantent sont celles-ci :

Peut-on rire de tout ?

Peut-on rire avec tout le monde ?

A la première question, je répondrai oui sans hésiter. S'il est vrai que l'humour est la politesse du désespoir, s'il est vrai que le rire sacrilège blasphématoire que les bigots de toutes les chapelles taxent de vulgarité et de mauvais goût, s'il est vrai que ce rire-là peut parfois désacraliser la bêtise, exorciser les chagrins véritables et fustiger les angoisses mortelles, alors oui, on peut rire de tout, on doit rire de tout. De la guerre, de la misère et de la mort. Au reste, est-ce qu'elle se gêne, elle, la mort, pour se rire de nous ? Est-ce qu'elle ne pratique pas l'humour noir, elle, la mort ? Regardons s'agiter ces malheureux dans les usines, regardons gigoter ces hommes puissants, boursouflés de leur importance, qui vivent à cent à l'heure. Ils se battent, ils courent, ils caracolent derrière leur vie, et tout à coup ça s'arrête, sans plus de raison que ça n'avait commencé, et le militant de base, le pompeux PDG, la princesse d'opérette, l'enfant qui jouait à la marelle dans les caniveaux de Beyrouth, toi aussi à qui je pense et qui as cru en Dieu jusqu'au bout de ton cancer, tous, tous nous sommes fauchés un jour par le croche-pied rigolard de la mort imbécile, tandis que les droits de l'homme s'effacent devant les droits de l'asticot.

Alors : quelle autre échappatoire que le rire, sinon le suicide, poil aux rides ?

A la deuxième question, peut-on rire avec tout le monde ? je répondrai : c'est dur.

Personnellement, il m'arrive de renâcler à l'idée d'inciter mes zygomatiques à la tétanisation crispée. C'est quelquefois au-dessus de mes forces, dans certains environnements humains : la compagnie d'un stalinien pratiquant me met rarement en joie. Près d'un terroriste hystérique, je pouffe à peine, et la présence à mes côtés d'un militant d'extrême droite assombrit couramment ma jovialité monacale.

Attention, ne vous méprenez pas sur mes propos, je n'ai rien contre les racistes, c'est plutôt le contraire. Par exemple : dans *Une journée particulière*, d'Ettore Scola, Mastroianni, poursuivi jusque dans sa garçonnière par les gros bras mussoliniens, s'écrie judicieusement à l'adresse du spadassin qui l'accuse d'antifascisme : « Vous vous méprenez, monsieur, ce n'est pas le locataire du sixième qui est antifasciste, c'est le fascisme qui est antilocataire du sixième. »

« Les racistes sont des gens qui se trompent de colère », dit avec mansuétude le président Senghor.

Je sortais récemment d'un studio d'enregistrement, accompagné d'une pulpeuse comédienne avec qui j'aime bien travailler, non pas pour de basses raisons sexuelles, mais parce qu'elle a des nichons magnifiques.

Nous grimpons dans un taxi, sans bien nous soucier du chauffeur, un monotone quadragénaire de type romorantin couperosé de frais, en poursuivant une conversation du plus haut intérêt culturel, tandis que la voiture nous conduit vers le Châtelet. Mais, alors que rien ne le laissait prévoir, et sans que cela ait le moindre rapport avec nos propos, qu'il n'écoutait d'ailleurs pas, cet homme s'écrie soudain :

– Eh bien moi, les Arabes, je peux pas les saquer.

Ignorant ce trait sans appel, ma camarade et moi continuons notre débat. Pas longtemps. Trente secondes plus tard, ça repart :

– Les Arabes, vous comprenez, c'est pas des gens comme nous. Moi qui vous parle, j'en ai eu comme voisins de palier pendant trois ans. Merci bien. Ah les vaches. Leur musique à la con, merde. Vous me croirez si vous voulez, c'est le père qui a dépucelé la fille aînée. Ça, c'est les Arabes.

Ce coup-ci, je craque un peu et dis :

– Monsieur, je vous en prie. Mon père est arabe.

– Ah bon ? Remarquez, votre père, je ne dis pas. Il y

en a des instruits. On voit bien que vous êtes propre et tout. D'ailleurs, je vous ai vu à Bellemare.

A l'arrière, bringuebalés entre l'ire et la joie, nous voulons encore ignorer.

Las ! la pause est courte :

– Oui, votre père, je ne dis pas. Mais les miens, d'Arabes, pardon ! ils avaient des poulets vivants dans l'appartement et ils leur arrachaient les plumes rien que pour rigoler. Et la cadette, je suis sûr que c'est lui aussi qui l'a dépucelée. Ça s'entendait. Mais votre père, je ne dis pas. De toute façon, les Arabes, c'est comme les Juifs. Ça s'attrape par la mère.

Cette fois, je craque vraiment.

– Ma mère est arabe.

– Ah oui ? Alala, la Concorde, à cette heure-là, il n'y a pas moyen. Avance, toi, eh connard ! Mais c'est vert, merde. Ah ! t'es bien un 77 ! Voyez-vous, monsieur », reprend-il, « voulez-vous que je vous dise ? Il n'y a pas que la race. Il y a l'éducation. C'est pour ça que votre père et votre mère, je dis pas. D'ailleurs je le dis parce que je le pense, vous n'avez pas une tête d'Arabe. C'est l'éducation. Remarquez, vous mettez un Arabe à l'école, hop, il joue du couteau. Et il empêche les Français de travailler. Voilà, 67, rue de la Verrerie, nous y sommes. Ça fait 32 francs.

Je lui donne 32 francs.

– Eh, eh, vous n'êtes pas généreux, vous alors !

– C'est comme ça », me vengé-je enfin. « Je ne donne pas de pourboire aux Blancs !

Alors cet homme, tandis que nous nous éloignons vers notre sympathique destin, baisse sa vitre et me lance :

– Crève donc, eh, sale bicot.

A moi qui ai fait ma communion à la Madeleine !

Voilà, voilà un homme qui se trompait de colère. La crainte de sombrer dans la démonstration politico-philosophique m'empêche de me poser avec vous la question de savoir si ce chauffeur était de la race des bourreaux ou de la race des victimes, ou des deux, ou plus simplement de la race importune et qui partout foisonne, celle, dénoncée par Brassens, des imbéciles heureux qui sont nés quelque part :

Quand sonne le tocsin sur leur bonheur précaire,
Contre les étrangers tous plus ou moins barbares,
Ils sortent de leur trou pour mourir à la guerre
Les imbéciles heureux qui sont nés quelque part.

En un mot comme en cent, chers habitants hilares de ce monde cosmopolite, je conclurai ma réflexion zygomatique en répétant inlassablement qu'il vaut mieux rire d'Auschwitz avec un Juif que de jouer au scrabble avec Klaus Barbie.

Chapitre quinze

où il apparaît à l'évidence
que tout homme plongé
dans la Science subit une poussée
de bas en haut susceptible
de lui remonter le moral.

Pierre et moi sommes
infiniment peu primesautiers.
J'en arrive même à penser parfois
que c'est pour pallier notre totale incapacité
à rire que nous nous sommes plongés
à corps perdu dans la recherche scientifique.
Au reste, quand bien même
nous le voudrions, comment ririons-nous
avec nos lèvres gercées par le radium ?
Marie Curie
lettre à son oncle Sklodowska

S'il est une question que nous nous posons tous, c'est bien la suivante : vous vous demandez, je me demande, il ou elle se demande, nous nous demandons tous si, oui ou non, Nantes est bien en Bretagne.

La somme des recherches que votre serviteur a entreprises dans ce domaine est considérable, et pas seulement de lapin.

Pour savoir si Nantes est bien en Bretagne, nous allons procéder scientifiquement. Car c'est seulement de la Science que peut jaillir la lumière. Cela, nous le savons, et pas seulement de Marseille. L'homme de Science le sait bien, lui, que, sans la Science, l'homme ne serait qu'un stupide animal sottement occupé à s'adonner aux vains plaisirs de l'amour dans les folles prairies de l'insouciance, alors que la Science, et la Science seule, a pu, patiemment, au fil des siècles, lui apporter l'horloge pointeuse et le parcmètre automatique sans lesquels il n'est pas de bonheur terrestre possible.

Sans la Science, misérables vermisseaux humains, combien d'entre nous connaîtraient maître Capello ? N'est-ce pas grâce aux progrès fantastiques de la

Science qu'aujourd'hui l'homme peut aller en moins de trois heures de Moscou à Varsovie ?

Et s'il n'y avait pas la Science, malheureux cloportes suintants d'ingratitude aveugle et d'ignorance crasse, s'il n'y avait pas la Science, combien d'entre nous pourraient profiter de leur cancer pendant plus de cinq ans ?

N'est-ce pas le triomphe absolu de la Science que d'avoir permis qu'aujourd'hui, sur la seule décision d'un vieillard californien impuissant ou d'un fossile ukrainien gâteux, l'homme puisse en une seconde faire sauter quarante fois sa planète sans bouger les oreilles ?

Ce n'est pas moi qui l'affirme, Dieu me retourne, c'est Fucius qui l'a dit (et il avait oublié d'être con) : « Une civilisation sans la Science, ce serait aussi absurde qu'un poisson sans bicyclette. »

Aussi bien allons-nous procéder scientifiquement. Pour savoir si Nantes est bien en Bretagne, prenons une Nantaise. Une belle Nantaise. L'œil doit être vif, le poil lisse. Portons-la à ébullition. Que constatons-nous ? Nous constatons que la Nantaise est biodégradable. De cette expérience nous pouvons immédiatement tirer une conclusion extrêmement riche en enseignements, que je résumerai en une phrase : « Nantaise bouillue, Nantaise foutue. »

C'est prodigieusement intéressant, direz-vous, pour peu que vous soyez complètement tarés, mais cela ne nous dit pas avec précision si la Nantaise est bretonne, ou con, ou les deux.

Qu'à cela ne tienne.

Nous allons procéder à une deuxième expérience. Pour cette expérience, nous n'aurons pas besoin d'une Nantaise. Son petit chat suffira (quand je dis chat, je pense au minou, pas à la chatte). En effet, comme tout le monde le sait, les chats authentiquement bretons sont les seuls chats au monde qui transpirent. Si nous arrivons à démontrer que les chats de Nantes transpirent, nous aurons par là même prouvé au monde médusé par tant de rigueur scientifique que les chats de Nantes sont bretons. Or si les chats sont bretons, les Nantaises aussi, ou alors il y a de quoi se flinguer.

Donc prenons un chat nantais, que nous appellerons A pour plus de commodité. A l'aide d'un entonnoir que nous appellerons Catherine, en hommage à Catherine de Médicis dont la contenance stupéfia son époque, et que nous lui enfonçons profondément dans la bouche, gavons-le de deux ou trois litres de White Spirit. Attention : la pauvre bête va souffrir atrocement, c'est pourquoi nous vous conseillons de lui couper préalablement les pattes ou de mettre des gants de cuir avant de commencer le gavage. Quand minou est gonflé de White Spirit, prenons un mérou, que nous appellerons François, parce que certains l'appellent François. Portons-le à ébullition. Tandis que le mérou bout, approchez-vous du chat. Enflammez une allumette. Que se passe-t-il ? Eh bien c'est simple, quand le mérou bout le chat pète, alors qu'au contraire, quand le chat bout, le mérou, pauvre animal...

Alors, alors, bande de nullités ignares, qu'est-ce que cela prouve scientifiquement ? Tout simplement, cela prouve à l'évidence que le chat nantais est bien un chat breton. Car si ce chat gavé d'essence explose près d'une flamme, cela prouve bien qu'il transpire, non ? Et s'il transpire, c'est qu'il s'agit bien, CQFD, d'un chat breton, car seuls les chats véritablement bretons sont poreux, comme le souligne magnifiquement le splendide hymne de la Bretagne libre :

Ils ont des chats poreux, vive la Bretagne.
Ils ont des chats poreux, vivent les Bretons.

Croyez-moi, seule la Science est digne de foi, et c'est par la Science que l'homme triomphera de ses misères. Les deux tiers des enfants du monde meurent de faim, alors même que le troisième tiers crève de son excès de cholestérol. C'est scientifiquement que nous sauverons ces enfants, car il le faut, c'est un devoir sacré, il faut que ces enfants vivent. Il nous faut leur ouvrir nos bras et nos cœurs, il nous faut les accueillir maintenant, vite, et n'importe où, mais pas chez moi, il n'y a pas de place à cause du piano à queue.

Je voudrais saluer ici les hommes qui ont fait avancer la Science dans le monde :

Gloire à toi, Archimède, qui fus le premier à démontrer que, lorsqu'on plonge un corps dans une baignoire, le téléphone sonne.

Gloire à Li Yu Fang, qui inventa le thé au jasmin, et à Pythagore, qui inventa le thé au rhum.

Gloire à Galilée, qu'on torture pendant que Coper nique.

Gloire à Pasteur, qui combat les enragés, et à Roux, qui combat l'osier.

Je profite de cette digression panégyristique pour signaler aux éventuels disciples de Jean-Henri Fabre la récente découverte du professeur William Stewart Kennedy, de l'université de Stanford, en Californie. Après dix années passées à observer le comportement sexuel des mites des placards, cet éminent homme de

Science nous révèle que si ces minuscules arthropodes se reproduisent exclusivement dans l'obscurité totale, ce n'est pas, comme on l'a cru longtemps, par pudeur ou timidité, mais parce que la porte du placard est toujours fermée. Certes, on peut sourire, mais en ce qui me concerne, si tant est qu'on doive le respect aux savants dans un monde sans morale, j'aurai toujours plus de respect pour les enculeurs de mouches que pour les inventeurs de bombes à neutrons.

Chapitre vert

où l'auteur continue de se revigorer le cortex
en se plongeant dans le passé
pour mieux oublier l'avenir,
et où la somme de ses découvertes
dans le cadre
de la Recherche Historique
ne manquera pas de subjuguer
les sommités culturelles de ce pays
et de leur imposer cette infinie humilité
qui devrait être leur ligne
de conduite permanente
face à l'insignifiance globale
de leurs propres travaux.

Le passé étant beaucoup
moins incertain que le futur,
le sage sera fort avisé
de se plonger dans l'Histoire
plutôt que de patauger dans l'Avenir.
Fucius.

Fais gaffe au vase de Soissons.
il est consigné.
Josette Clovis.

La compréhension de la porcelaine
passe par l'histoire de Limoges.
Louis XIV, Les Tasses et Moi.

C'est en 1635 que Richelieu Drouot créa l'Académie française. Pourquoi ce nom d'Académie française ? C'est la question que tout le monde se pose sauf les académiciens français qui s'en foutent du moment qu'ils n'ont pas froid aux genoux et qu'ils peuvent brouter tranquillement leurs crayons sous leur pupitre.

Pourquoi Académie française ? Eh bien justement, pour éviter que les bougnoules étrangers ne vinssent poser leur cul basané sur les bancs des Français.

Pourquoi Académie ? Là, c'est plus compliqué. Je vous demande à tous un effort d'attention. Vous n'allez pas être déçus.

Avant que Richelieu Drouot ne réquisitionnât le magnifique édifice surmonté de la célèbre coupole et flanqué des deux très belles bâtisses que tout le monde connaît, ce magnifique bâtiment abritait une boulangerie. La boulangerie du maître boulanger Jean-Baptiste Quaiconti, où Henri IV lui-même venait acheter ses fameuses baguettes bien cuites que son amant, Sully, lui découpait en mouillettes pour les tremper dans le bouillon de poule au pot tous les dimanches.

A cette époque, on ne faisait pas le pain comme aujourd'hui : on fabriquait la croûte d'un côté et la mie un peu plus loin. C'est pourquoi il y avait ces deux bâtisses. Les clients fortunés comme Henri IV ou Marguerite de Valois achetaient évidemment la croûte et la mie. Mais les pauvres, qui, depuis le début de l'humanité, ont toujours eu des goûts simples (j'en connais qui n'ont même pas de magnétoscopes), les pauvres, dis-je, n'achetaient que la croûte. Et quand un pauvre arrivait devant la double boutique de maître Jean-Baptiste Quaiconti, il demandait :

– Pardon, notre bon maître, où c'est qu'y a des croûtes ?

Et le brave boulanger répondait invariablement en montrant les deux portes :

– C'est là qu'y a des croûtes, et c'est là qu'y a des mies. C'est là qu'y a des mies françaises », précisait-il, car il était aussi patriote que farineux.

Or, par un beau soir de printemps 1634, le cardinal de Richelieu, qui était de fort belle humeur (il venait de se faire amidonner la soutane par une jolie repasseuse de la rue Dauphine), le cardinal, dis-je... (cette blanchisserie existe aujourd'hui encore, 14, rue Dauphine, vous pouvez vérifier. Elle a seulement changé de nom : elle s'appelait jadis « A la calotte qui luit » – en hommage à Richelieu, évidemment. Maintenant, ça s'appelle beaucoup plus prosaïquement « Pressing du Sahel. Nettoyage à sec »).

Donc, Richelieu se promenait, un peu raide, au bord de la Seine, lorsque son regard fut attiré par le trottoir souillé de miettes de pain à la hauteur de la boulangerie de maître Quaiconti.

– *Degueulassum est* », dit-il en latin et en lui-même.

Il fit mander dès le lendemain le boulanger et le tança d'importance pour cette dégradation de la chaussée.

– Vous pourriez faire votre pain plus loin », dit le cardinal.

– Oh ben vous savez, moi je fais où on me dit de faire », rétorqua cet homme.

Outré par tant d'impertinence, Richelieu ordonna qu'on lui coupât la tête (ce qui fut fait dans l'heure), puis, pris de remords, il donna à cet endroit du bord de Seine le nom de Quai Conti.

– Monsieur le Cardinal, j'aime beaucoup ce que vous faites », dit Louis XIII, qui était con comme un Bourbon, « mais que va devenir cette immense boulangerie dont vous étêtâtes le chef ?

– Que sa Majesté besogne en paix son Espagnole, j'y ai songé », répondit Richelieu. « Je vais tout simplement remplacer toutes ces vieilles croûtes par des vieux croûtons.

L'Académie française était née.

Puis, s'avisant soudain qu'on était déjà en 1634, ils décidèrent qu'il était grand temps d'aller bouffer du boche s'ils ne voulaient pas que la guerre de Trente Ans se terminât sans eux.

Venons-en maintenant, si vous le voulez bien, aux quarante semi-grabataires cliquetants et frémissants du Quai Conti qui graffitouillent dans le dictionnaire en attendant que la camarde les tire par le bicorne.

Quand ils ont fini d'écrire des conneries dans le dictionnaire, à quoi servent les académiciens ? A rien. A rien du tout. Non mais regardez-les ! Voyez ces tristes spécimens de parasites de la société qui trémoussent sans vergogne leur arrogance de nantis sur les fauteuils vermoulus de l'Académie française. Voyez-les glandouiller sans honte à l'heure même où des millions de travailleurs de ce pays suent sang et eau dans nos usines, dans nos bureaux, et même dans nos jardins où d'humbles femmes de la terre arrachent sans gémir à la glèbe hostile les glorieuses feuilles de scarole destinées à décorer les habits verts de ces plésiosaures diminués qui souillent les bords de Seine du Quai Conti du chevrotement comateux de leurs pensées séniles.

N'avez-vous pas honte, messieurs, de vous commettre ainsi dans cette assemblée de vieilles tiges creuses, rien dans la cafetière, tout dans la coupole ?

N'avez-vous pas honte, à vos âges, des grands garçons comme vous, de vous déguiser périodiquement en guignols vert pomme avec des chapeaux à plumes à la con et une épée de panoplie de Zorro ? Est-il Dieu possible que des écrivains aussi sérieux que vous passent leur temps à se demander s'il y a deux *n* à zigounette ?

N'avez-vous point honte, messieurs, de fricoter dans les belles-lettres en compagnie de Jean Mistler, d'Henri Bordeaux, d'André Maurois, de Michel Droit, autant de talents tellement peu voués à l'immortalité que je me demande s'il n'y en a pas déjà la moitié de morts ?

Il y a les inventeurs lumineux, dont la gloire fracassante résonne longtemps après eux à travers les plaines infinies de la connaissance humaine.

Et puis il y a les inventeurs obscurs, les génies de l'ombre, qui traversent la vie sans faste et s'effacent à jamais sans que la moindre reconnaissance posthume vienne apaiser les tourments éternels de leur âme errante qui gémit au vent mauvais de l'infernal séjour la désespérance écorchée aux griffes glacées d'ingratitude d'un monde au ventre mou sans chaleur ni tendresse.

Parmi ces besogneux du progrès, ces gagne-petit de la connais-sance, qui ont contribué sans bruit à faire progresser l'humanité de l'âge des cavernes obscurantistes à l'ère lumineuse de la bombe à neutrons, comment ne pas prendre le temps d'une pensée émue pour nous souvenir de l'un d'eux, Jonathan Sifflé-Ceutrin, l'humble et génial inventeur du pain pour saucer.

Jonathan Sifflé-Ceutrin, dont le bicentenaire des deux cents ans remonte à deux siècles, est né le 4 décembre 1782 à Saçufy-lès-Gonesse, au cœur de la Bourgogne gastronomique, dans une famille de sauciers éminents. Son père était gribichier-mayonniste du roi, et sa mère, Catherine de Médussel, n'était autre que la propre fille du comte Innu de Touiller-Connard, qui fit sensation, le soir du réveillon 1779, à la cour de Versailles, en servant la laitue avec une nouvelle vinaigrette tellement savoureuse que Marie-Antoinette le fit mander le lendemain à Trianon pour connaître son secret.

– C'est tout simple, majesté. Pour changer, j'ai remplacé le chocolat en poudre par du poivre.

– Voilà qui est bien, comte Innu de Touiller-Connard. Continue, je te dis. Oh oui c'est bon. Oh là là oh oui.

Bien évidemment, l'enfance du petit Jonathan Sifflé-Ceutrin baigna tout entière dans la sauce.

Debout sur un tabouret, près des fourneaux de fonte où ronflait un feu d'enfer, il ne se lassait jamais de regarder son père barattant les jus délicieux à grands coups de cuiller en bois, tandis que sa mère, penchée sur d'immenses poêlons de cuivre rouge, déglaçait à petites rasades de vieux cognac le sang bruni et les graisses rares des oies du Périgord dont les luxuriantes senteurs veloutées se mêlaient aux graciles effluves des fines herbes pour vous éblouir l'odorat jusqu'à la douleur exquise des faims dévorantes point encore assouvies[1].

Hélas, au moment du repas, la joie préstomacale de Jonathan se muait invariablement en détresse. Quand il avait fini d'avaler en ronronnant l'ultime parcelle de chair tendre que son couteau fébrile arrachait au cuissot du gibier, il restait là, médusé, pantelant de rage, noué d'une intolérable frustration devant le spectacle insupportable de toute cette bonne sauce qui se figeait dans son assiette, à quelques pouces de ses papilles mouillées de désir et de sa luette offerte frissonnante d'envie, au creux de sa gorge moite, dans l'attente infernale d'une bonne giclée de jus de la bête entre ses lèvres écartées.

En vérité, je vous le dis, mes frères, il faut être trichromosomique ou végétarien pour ne pas comprendre l'intensité du martyre qu'enduraient quotidiennement les gastronomes de ces temps obscurs. Soumis aux rigueurs d'un protocole draconien qui sévissait jusqu'au tréfonds des campagnes où le clergé avait réussi à l'imposer en arguant, comme toujours, la valeur rédemptrice de la souffrance, les malheureux dégustaient leurs plats de viande en sauce à l'aide de la

1. Dans l'édition pour le Tiers-Monde, penser à expurger.

seule fourchette et du seul couteau, après qu'un décret papal de 1614 eut frappé d'hérésie l'usage de la cuiller.

Pour bien imaginer la cruauté d'une telle frustration, essayez vous-mêmes, misérables profiteurs repus de la gastronomie laxiste de ce siècle décadent, de saucer un jus de gigot à la pointe d'un couteau ou entre les dents d'une fourchette. C'est l'enfer. C'est atroce.

Curieuse coïncidence, c'est le jour même de son vingtième anniversaire que Jonathan Sifflé-Ceutrin eut l'idée de sa vie, l'idée géniale qui allait transformer enfin le supplice tantalien du festin parasaucier en délices juteuses inépuisables.

C'était le 4 décembre 1802. Ce siècle avait deux ans. Déjà Napoléon perçait sous Bonaparte, et déjà Bonaparte perçait sous Joséphine.

Jonathan soupait au « Sanglier chafouin », le restaurant en vogue du gratin consulaire, en compagnie d'une jeune caméristе bonapartiste de gauche qu'il comptait culbuter au pousse-café. C'était un gueuleton banal : hors-d'œuvre variés, sangliers variés, fromage *ou* pain. Je dis bien fromage *ou* pain. On sait qu'il aura fallu attendre 1936 et le Front populaire pour que les travailleurs obtiennent conjointement, au prix de luttes admirables, les congés payés et les cantines d'usine avec fromage *et* pain. En mai 68, les responsables CGT qui s'essoufflaient dans leur cholestérol gorgé de Ricard, à la traîne des étudiants, voulurent ne pas être en reste et exigèrent des patrons la seule réforme logique après celle du fromage *et* pain : le remplacement du fromage *ou* dessert par le tant attendu fromage *et* dessert qui aurait dû normalement déboucher sur le vrai changement, c'est-à-dire l'abolition pure et simple de l'odieux dessert *ou* assiette en un nouveau dessert *et* assiette, stade ultime du progrès avant la réforme des réformes qui offrira aux travailleurs le véritable choix populaire que le grand frère soviétique a déjà mis en place : goulag *et* lavage de cerveau, et ce n'est qu'un début, continuons le combat.

Or donc, Jonathan Sifflé-Ceutrin finissait son sanglier melba sauce grand veneur quand le serveur, un ancien hippie de la campagne d'Égypte, gorgé d'herbes toxiques et de calva du Nil, laissa malencontreusement choir sa corbeille à pain sur la table où Jonathan commençait à baiser des yeux sa camarade pour oublier la sauce qui se figeait déjà et dans laquelle une énorme tranche de pain de campagne vint s'enliser dans un grand floc grasseyant.

– Mais... mais... bon sang, mais c'est bien sûr ! » s'écria le jeune homme.

Et s'emparant d'une autre tranche moelleuse, il la tendit à sa compagne qui n'était autre que Marie Curry, créatrice de la sauce du même nom, et lui dit :

– Marie trempe ton pain, Marie trempe ton pain dans la sauce.

Ce qu'elle fit. Alors, miracle, le jus bien gras fut aspiré soudain par la mie que la jeune femme s'écrasa sur les lèvres en lapant comme une bête goulue, et la bonne graisse vineuse à la crème beurrée à l'huile de saindoux margarinien saturée de vin chaud à l'alcool à brûler du père Magloire lui envahit divinement l'estomac dont le joyeux cancer naissant n'en demandait pas tant.

Jonathan Sifflé-Ceutrin venait d'inventer le pain pour saucer. Vingt-cinq ans plus tard, son fils Léon déposa le brevet du pain pour pousser, et c'est en 1869 que son gendre, Jean-Louis Fournier-Gaspard, inventa conjointement la mouillette et le rat à la coque dont les communards furent si friands.

Certes la baisse du pouvoir d'achat des travailleurs est très préoccupante. J'entends par là que je comprends que cela vous préoccupe. En revanche, en ce qui me concerne, je vous ferai la fameuse réponse de Vendredi à Robinson Crusoé qui lui demandait de faire tomber des noix de coco en remuant le tronc de l'arbre :

– J'en ai 'ien à secouer, conna'd, c'est un bananier.

Je souligne en passant qu'il était extrêmement rare, à l'époque, de voir un homme de couleur s'adresser sur ce ton à un navigateur britannique. Il faut savoir cependant que les relations entre Robinson et Vendredi avaient assez vite atteint un degré d'intimité qui autorisait ce genre de coup de boutoir fait à la bienséance.

Tandis que j'évoque cet épisode, je vois bien s'allumer dans votre œil, cher lecteur, la flamme de l'intelligence qu'attise votre intense passion pour la vérité historique. Croyez bien que je ne suis pas insensible à votre soif de culture.

Eh bien, puisque vous insistez tant – non, n'insistez plus, vous me gênez –, je vais vous conter la vraie et pathétique histoire de Robinson et Vendredi.

Seul sur son île depuis plus de vingt ans, Robinson s'ennuie. Sa détresse morale, sentimentale et sexuelle est immense. Pourtant, au début, il s'est farouchement accroché aux choses de l'Esprit, « l'Esprit » étant le nom de son cochon sauvage. Ne ménageant pas sa peine, il a amoureusement tissé de ses mains des porte-jarretelles en fibre de coco dont il a revêtu sa tortue de mer, suivant le schéma mental qu'allaient utiliser trois cents ans plus tard les plus grands socio-trouducologues américains pour réanimer les pulsions vacillantes de leurs patients subtrombonnés. Puis Robinson a tenté de réinventer le strip-tease, plumant sa vieille perruche en chantant : « Déshabillez-moi, mais pas tout de suite, pas si vite », mais je vous le demande, une vieille perruche à plumes vaut-elle une vieille poule à poils ?

Alors ? Alors Robinson est allé encore plus loin : il a tenté de se mettre en ménage avec un mérou, mais ce fut difficile, car comme le dit si judicieusement le proverbe haïtien : « Quand l'marin l'étreint, l'mérou pète. »

A la fin, il était tellement obsédé qu'il sautait, oserai-je le dire, même des repas. Alors il a sombré dans la déprime.

Et puis, miracle.

Il fait un temps radieux, ce 17 mai 1712, à midi, quand Robinson Crusoé arpente la face nord de son île. La mer est calme, le ciel d'un bleu limpide promène çà et là la mince écharpe de soie d'un léger cumulus. Robinson est soucieux.

Son large front, buriné par vingt années d'un soleil abrupt, où le vent du large fait trembler ses mèches blondes de plébéien gaélique décolorées par le sel et ternies par l'âpre amertume de l'iode marin, ce large front chargé de vingt ans de souvenirs et de sombre mélancolie se barre d'un pli soucieux qui va de là à là.

Qui dira la souffrance de cet homme exilé loin de sa terre anglaise, loin de sa femme anglaise, loin de sa semaine anglaise, loin de son assiette anglaise ?

Malgré la chaleur intense, il a froid, Robinson, froid d'un froid intérieur qui lui vient de l'âme et qu'il ne parvient pas à vaincre, même en relevant le col de sa capote écossaise. Il est au bord du désespoir, car maintenant ce n'est plus seulement son front qui se barre, c'est son caleçon de laine (anglaise), son large caleçon long, buriné par vingt années d'un soleil abrupt, où le vent du large fait trembler ses mèches blondes de plébéien gaélique décolorées par le sel et ternies par l'âpre amertume de l'iode marin, ce large caleçon chargé de vingt ans de souvenirs et de sombre mélancolie se barre tristement et glisse sans grâce sur ses larges genoux de plébéien gaélique décolorés par le sel.

Soudain, Robinson dresse l'oreille, entre autres. Ce qu'il a entendu, il ne peut le croire. Non. C'est... c'est impossible... c'est... c'est fou ! Ce serait trop beau, trop extraordinaire ! Et pourtant...

Mes chers amis, je vous retrouve après une page de publicité.

Une page de publicité

Djingle, djingle, ding, ding, pouët, pouët.

– Oh ma chérie, la chemise de Jean-Paul est plus blanche que la chemise de François. Comment fais-tu ?

– J'ai un secret !

– Un secret ?

– Oui : si la chemise de mon mari est plus blanche que la chemise de ton mari, c'est que moi, la chemise de mon mari, je la lave.

– C'est merveilleux. Je vais essayer.

Faites comme Josette : pour que la chemise de votre mari retrouve l'éclat et la blancheur, lavez-la.

Djingle, djingle, ding, ding, pouët, pouët.

Mes chers amis, je rappelle qu'il fait un temps radieux, ce 17 mai 1712, à midi, alors que Robinson Crusoé arpente la face nord de son île tandis que son front et son caleçon se barrent respectivement d'un pli soucieux et sur ses genoux, le tout extrêmement buriné.

Soudain, Robinson dresse quoi ? L'oreille.

Non, il ne rêve pas. Après vingt années de solitude totale sur cette île, alors qu'il n'espérait plus jamais voir un être humain, c'est bien une voix humaine qui monte vers le ciel, psalmodiant gaiement cette mélopée sauvage qui, pour Robinson, à cet instant, vaut toutes les sonates de Mozart qui n'était d'ailleurs sûrement pas né en 1712. Mais je m'écarte du sujet alors que, pour reprendre les termes de M. Michel Debré, « ce n'est pas en s'écartant du sujet qu'on va repeupler la France ».

Par-dessus l'ample rideau de lianes de la forêt vierge, la voix se rapproche :

Moi y en a vouloi' toi y te souvienne
Li jou-z-heu'eux toi y en a mon z'ami
En ci temps-là, ma doudou li plus belle
Et son derrière plus brûlant qu'aujourd'hui.
Mes 'oubignolles se ramassent à la pelle
Toi y en a failli marcher d 'ssus
Mes 'oubignolles se ramassent à la pelle
Les souveni' et les regrets mon cul.

A cette musique divine, Robinson ne se sent plus de joie. Un immense frisson d'espoir le parcourt de là à là. Il se retourne. Et, là, émergeant soudain entre les troncs nacrés de deux platanes dont on est en droit de se demander ce qu'ils foutaient là à quinze mille bornes d'Aix-en-Provence, apparaît, nu comme un dieu solitaire et beau comme un ver immortel, ou le contraire, comme vous voudrez, un être magnifique, mi-homme, mi-nègre.

Sa large bouche gourmande aux lèvres charnues, à l'ourlet délicatement boursouflé, semblant plus faite pour le baiser que pour l'arrachage des betteraves sucrières, se barre d'un pli soucieux qui va de là à là.

Robinson n'y tient plus. Prenant son courage et son caleçon à deux mains, il se précipite vers l'homme. Mais celui-ci prend peur. C'est la première fois de sa vie qu'il voit un homme blanc. Il tente de fuir vers la forêt, mais Robinson, enfin débarrassé de ses angoisses et de ce putain de calebar, court plus vite encore. Trop affolé pour regarder où il met les pieds, l'inconnu se prend la jambe dans une liane. Il s'étale de tout son long. Complètement affolé, il se retourne vers son poursuivant....

Alors c'est un large sourire qui vient aux lèvres de Robinson qui s'approche du malheureux sauvage terrorisé et qui, mettant un genou en terre, se penche vers lui et dit :

– Vous avez votre carte de séjour ?

Tels furent les premiers mots de Robinson Crusoé à celui qui allait s'appeler Vendredi. Pourquoi Vendredi et non pas Dimanche ? Tout simplement, pour reprendre le mot charmant de Louise Michel déclinant l'invitation de Karl Marx à la soirée de clôture de la Ire Internationale :

– Dimanche, c'est pas possible, j'ai mes radadas.

Chapitre plume

où l'auteur, se prenant pour un écrivain
malgré les conseils de son médecin
qui lui avait ordonné d'arrêter
le picon-bière au rhum,
oublie de plus en plus sa mort inévitable
en flatulant sans retenue
dans la littérature des uns,
des autres, et même des militaires.

La littérature est à la civilisation ce que la queue est à la casserole : quand il n'y en a pas, l'homme a l'air con.
José-Maria Téfal, Résistances.

Aussi profonde et grave soit la douleur du poète, il faut savoir que quand on met un pétard allumé dans la culotte de Lamartine, il a l'air moins romantique.
Toto Ruggieri, introd. aux Méditations poétiques.

Un, deux, un, deux, un, deux, un, deux, un, deux, un deux, un deux.
Général Gamelin, Ma vie.

Françaises, Français, aidez-moi !
C. de Gaulle, Partouze à Colombey.

« *Querellus editoriam ça va comm' sum* (cessons de chercher querelle aux éditeurs) », disait déjà Pline l'Ancien il y a près de deux mille ans.

Rarement, au cours de l'histoire du monde, une profession n'aura été autant controversée que celle d'éditeur. Aujourd'hui encore, on accuse les éditeurs d'exploiter les auteurs. Dieu merci, ce n'est pas l'avis de tous.

A la question : « Les éditeurs sont-ils un mal nécessaire ? » 100 % des maquereaux de Pigalle interrogés répondent : « Oui, bien sûr. Si y a personne pour les pousser au cul, les livres y restent dans la rue au lieu de monter dans les étages. »

« *Opinus dixit Tontonem* : (j'approuve sans réserve ce que dit mon oncle) », dit Pline le Jeune, qui n'était pas le fils, mais le neveu de Pline l'Ancien.

Qui était Pline l'Ancien ? Qui était Pline le Jeune ? Voilà une question d'actualité.

Au reste, il n'y a pas à s'y tromper, c'est un problème

qui préoccupe réellement les jeunes, comme le prouve à l'évidence l'anecdote édifiante que je garde fraîche en mémoire et que je brûle de vous narrer ici.

Dimanche dernier, je revenais de l'église Saint-Honoré-d'Eylau, confortablement installé dans ma somptueuse limousine. Il faut dire qu'en semaine je suis confortablement installé dans une simple paimpolaise, tandis que le dimanche, eh bien, mon Dieu, oui, je m'autorise le luxe d'une limousine dont j'apprécie autant la beauté du châssis que la capacité du réservoir ou l'automatisme de l'allume-cigare.

Or ne voilà-t-il pas qu'au beau milieu de la place Louis-XV, que la populace s'obstine à appeler aujourd'hui place de la Concorde, un jeune cycliste de type étudiant, ou maghrébin, c'est pareil, fonce droit sur mon automobile où je tentais de maintenir un bon petit cent vingt de moyenne tout en parcourant le bulletin paroissial du seizième arrondissement. Aujourd'hui encore, je reste persuadé que cet imbécile ne m'a même pas vu. Toujours est-il qu'il m'a cassé un phare à l'aide de sa tête, qu'il avait dure, puisque aussi bien il s'est relevé presque aussitôt. Tandis qu'il se précipitait vers moi, il me sembla opportun de détourner la conversation, qui pouvait s'avérer houleuse, vers les chemins élevés de la pensée culturelle. D'autant qu'il m'est peu souvent donné d'échanger des idées avec les jeunes dont la promiscuité me répugne généralement autant qu'elle agace les trois bergers allemands qui défendent les barbelés électrifiés de ma maison.

– Dites-moi, mon jeune ami », lancé-je au garçon qui secouait frénétiquement la poignée de ma portière, « avez-vous lu Pline l'Ancien ?

– Ah ! je vais me le farcir. Je sens que je vais me le farcir », me répondit-il.

– Ah bon ? Et Pline le Jeune ?

– Ah ! je vais me le farcir. Je sens que je vais me le farcir.

On voit bien, à la lumière de cette historiette édifiante, combien la jeunesse de ce pays est assoiffée de culture.

A l'âge de cet adolescent, dont l'autopsie pratiquée par mon frère, le docteur Jean-Sébastien Desproges, a révélé qu'il était ivre mort quand il s'est suicidé avec mon cric, à son âge, dis-je, nous avions la chance d'avoir des parents qui nous inculquaient patiemment le goût des arts et des lettres et l'amour de l'histoire des pays civilisés. Je fais évidemment allusion aux gens de mon milieu, et non pas aux ouvriers dont on sait qu'aujourd'hui encore ils passent en lessives ou au fond de la mine le temps qu'ils négligent de consacrer aux choses de l'esprit.

Moi qui vous parle, j'étais capable à dix-huit ans de citer de mémoire des passages entiers des lettres de Chopin à Musset. Aujourd'hui, misère. Demandez à un jeune homme de dix-huit ans ce qu'il connaît par cœur. Rien. Rien, si ce n'est l'adresse de l'Agence nationale pour l'emploi la plus proche de son domicile.

La seule évocation du courrier qu'échangèrent le Polonais mélancolique et le poète de toutes les douleurs bouleverse encore mon âme perpétuellement ballottée entre la passion romantique du siècle dernier et le désarroi tragique de ce siècle-ci. J'ai justement sous les yeux le texte inédit de la lettre bouleversante et tout à fait confidentielle dans laquelle Alfred de Musset décrit à Frédéric Chopin les premiers instants de son idylle farouche avec George Sand.

A.M./P.[1] Paris, ce 14 mars 1831.

Objet : de désir.
Destinataire : Frédéric Chopin,
17, impasse Jaruzelski, Varsovie.

Monsieur,

Suite à notre entretien du 11 courant, j'ai l'honneur de vous faire connaître par la présente l'émoi où mon cœur est plongé. Cependant, la nature et l'objet des rapports qui nous lient vous et moi dans l'affaire Sand ne m'autorisent, pas plus que l'obligation de réserve à laquelle nous sommes tenus, d'envisager dès aujourd'hui de révéler au grand jour les éventuels événements blennorragiques de cette affaire.

Veuillez agréer, Monsieur, l'assurance de mes sentiments romantiques.

Tu as le bonjour d'Alfred de Musset.

Plus bouleversante encore est la réponse de Chopin à Musset, en date du 31 mars, dans laquelle le compositeur raconte à son ami son entrevue sentimentale avec la même George Sand.

F.C./P.[2]

Cher Mumu,

Dieu soit béni, j'ai tenu Aurore dans mes bras[3]*. Ma joie est grande, cher Alfred. Imagine la scène. Il est*

1. A. M. = Alfred de Musset. P. désigne évidemment l'initiale de Pauline, la secrétaire de Musset.
2. P. désigne l'initiale de Pauline. Musset et Chopin partageaient aussi leur secrétaire.
3. Aurore Dupin, bien entendu, Aurore étant le prénom à

près de minuit. Aurore est penchée à la fenêtre sombre où l'intensité de la nuit nous serre le cœur. Son cou adorable me renvoie la lueur de la chandelle que je porte vers elle. Elle se retourne enfin. Je lui fais pouet-pouet, elle me fait pouet-pouet, et puis ça y est.

Je n'ajouterai rien. La culture, c'est comme l'amour. Il faut y aller à petits coups au début pour bien en jouir plus tard. Du reste, « est-il vraiment indispensable d'être cultivé quand il suffit de fermer sa gueule pour briller en société ? » dit judicieusement La Rochefoucauld, qui ajoute : « La culture et l'intelligence, c'est comme les parachutes. Quand on n'en a pas, on s'écrase. »

Les sanglots longs
Des violons de l'automne
Blessent mon cœur
D'une langueur comme qui dirait monotone.

Ne sont-ils point sublimes ces vers douloureux que lançait vers la nue embrasée la voix désolée de Paul Verlaine, et faudrait-il que j'aie le cœur aussi sec que le gosier d'un bébé du Sahel pour me gausser effrontément de l'œuvre ardente d'un authentique vrai nouveau romantique, d'un auteur éperdu de l'éternel chagrin des enfants du siècle, d'un homme qui vit sa mort jour après jour en adorant la vie, d'un homme qui va, l'écharpe au vent mauvais, frissonnant dans

l'état civil de George Sand. Moi-même, quand je vis avec un nègre, je me fais appeler Ingrid, ça l'excite.

l'éprouvante amertume des sous-bois de l'automne où le loup de Vigny finit d'exhaler son impossible râle, d'un homme, enfin, déchiré par les contradictions insupportables de sa personnalité de demi-dieu, moitié Chateaubriand, moitié Jean-Claude Bourret[4].

Toute mon enfance a été bercée du chant désolé du romantisme. Oui, moi aussi, j'ai appris tout petit à comprendre la mouvance émotionnelle de cette errance éclairée de la pensée lyrique qui nous conduit naturellement à laisser prévaloir le sentiment sur la raison et l'imagination fertile sur la froide analyse. Vous me suivez ? Sinon, je connais une histoire belge.

Oui, moi aussi, j'ai vécu cela grâce à l'éducation romantique de mes parents. Père allait, l'écharpe au vent mauvais, frissonnant dans l'éprouvante amertume des herbes en friche de l'automne (il était romantique exhibitionniste au bord du périphérique Nord) et Mère vivait sa mort en adorant la vie, vibrant au son du cor le soir au fond du couloir (elle était dame-pipi romantique, chez René, le roi du chateaubriand pommes vapeur).

Et moi, je suis leur enfant et nous sommes des milliers d'enfants de l'aube, fragiles et gracieux, qui souffrons, l'âme écorchée comme Lamartine, le cœur en pleurs comme Chopin et l'air con comme Gonzague. Saint-Brieuc, terre sauvage où chante la bise et fiente la mouette, Saint-Brieuc, où la Bigouden est de passage, puisqu'elle est du Finistère et pas des Côtes-du-Nord, faut pas chercher à me baiser sur la géo, Saint-Brieuc,

4. Homme de télévision français (1943-?), célèbre pour son intervention au journal télévisé du 19 février 1983 au cours de laquelle il déclara notamment : « Ah ! Je pense que nous avons un petit problème avec la technique »

dont je me demande pourquoi j'en parle, ah oui, Saint-Brieuc est le berceau du romantisme, à deux cents bornes près, on va pas chipoter. Et c'est là, en vacances au bord d'une crêpe, que j'ai découvert et aimé ce livre émouvant : *les Errants du crépuscule*.

Je ne vous en révélerai pas ici toutes les ficelles ; d'ailleurs, peut-on parler de ficelles alors qu'il s'agit bien plutôt de cordes, et même, tant l'amour est présent à chaque chapitre, de cordes à nœuds.

Mais quel chef-d'œuvre. Jamais nous ne remercierons assez l'auteur pour son livre dont au sujet de son talent duquel la littérature française elle serait pas été pareille si qu'y serait pas été publié.

Les Errants du crépuscule nous conte l'histoire d'un adolescent leucémique qui rencontre dans un hôpital à leucémiques une jeune Anglaise leucémique. Dans un style également leucémique, l'auteur nous conte la passion brûlante et désespérée de ces deux êtres fragiles mais tremblants d'amour qui vont vers leur destin, la main dans la main et la zigounette dans le pilou-pilou.

Malgré la maladie qui fait fuir leur entourage et notamment les marchands d'assurances-vie, Alfred de Vignette et Ginette de Chateaubriand, nos deux héros, décident de forcer le destin et de donner la vie à un enfant. Afin de mettre toutes les chances de réussite de ce projet insensé de leur côté, ils commencent par observer deux papillons[5].

– Sois mienne », dit Alfred, page 36.

– *Take it off, mother is comin'* (ôte ta main, voilà ma mère) », dit Ginette, dans la langue de ses pères, car elle en avait deux.

5. Genre de lépidoptère ovipare obsédé.

A ce stade du récit, le lecteur est bouleversé et se sent défaillir, car il en est du romantisme fiévreux comme de la moule pas fraîche : quand on en abuse, ça fait mal au cœur.

Un mois plus tard, Alfred de Vignette et Ginette de Chateaubriand, qui étaient allés voir *Love Story* pour se remonter le moral, se retrouvent en tête à tête, par un doux crépuscule de septembre, au bord du lac Léman. La splendeur feutrée du jour qui se meurt sur la campagne belge étreint le cœur de la malheureuse enfant. Elle sait que sa fin est proche. La veille, à l'insu de son jeune amant, elle a consulté le plus grand cancérologue de Genève, qui lui a dit : « C'est trois cents francs. »

– *My darling*, (mon pauvre amour) », dit-elle, « qu'allons-nous devenir ? Je sens la vie me quitter doucement, mais je ne veux pas mourir. Que faire ?

– Observons deux papillons », répondit-il page 87.

Et il la prend dans ses bras tandis que l'astre du jour se fond sur le lac endormi page 88.

Puis c'est l'heure terrible de l'aveu. Un jour, alors qu'ils jouent tous les deux à cache-cache, la jeune femme, rongée par le mal, décide de dire à son amant qu'elle attend un enfant de lui :

– *I am in the cloque* (je suis dans la pendule) », dit-elle.

– Mon Dieu, un enfant, tu es absolument certaine, ma chérie ?

– Oui mon amour, je ne puis me tromper : le mois dernier, j'ai pas vu venir », dit-elle, de plus en plus romantique.

– Mais ma chérie, c'est merveilleux. Viens m'embrasser. Observons deux papillons.

A la fin du livre, le lecteur ne contient plus ses larmes. En effet, la malheureuse mère ne survivra pas à la naissance de son enfant, une petite fille que son père appellera « Grenelle » en hommage à Lamotte-Piquée, le peintre romantique du changement à Réaumur-Sébastopol.

Le livre se termine en douloureuse apothéose par cette image insoutenable du père arpentant la plaine d'Irlande brumeuse et glacée où se lève un pâle soleil d'automne. L'homme va, brisé, soutenu par sa mère et sa sœur, comme lui vêtues de noir. Soudain il s'arrête face à la lande austère et, regardant tour à tour les deux femmes, il s'écrie :

– Observons trois papillons.

Je rappelle le titre : *les Errants du crépuscule*, deux cent trois pages de romantisme décapant pour le prix d'un kilogramme de débouche-évier.

Il est un général français dont personne ne fête jamais le souvenir, c'est le général Brissaud, qui mourut dans son lit, et non pas dans le mien, qui est plus souvent réservé aux aspirations qu'aux expirations. D'ailleurs je vis avec un aspirant.

Le général Brissaud, qui commanda pendant la Première Guerre mondiale la 12e division d'infanterie, a laissé à ce monde ingrat plus d'un texte sublime, mais aucun n'atteint la beauté glacée de sa fameuse note de service FQ 728 datée du 8 octobre 1916 concernant « le salut du vrai poilu ». Oh, je sais, je sais, j'entends d'ici les beaux esprits glousser leur mépris, et les anarchistes congénitaux ricaner dans les plis noirs de leur drapeau infâme. Ah vous pouvez railler, mais n'oubliez jamais qu'un jour ou l'autre, c'est celui qui raille qui l'a dans le train. Oui, je sais, des générations de mauvais Français se sont moqués des écrivains militaires qui se sont usé la santé à décrire par le menu la marche à pied ou la meilleure façon de saluer, pendant que leurs subordonnés, aux frais de la nation, allaient batifoler au front et salir leurs beaux habits dans les tranchées. Mais, en vérité, personne, aujourd'hui, personne, avec le recul du temps qui redonne aux choses leur vraie valeur, personne n'oserait plus sourire à la lecture de ce fulgurant chef-d'œuvre de la littérature stratégique moderne qu'est la note de service FQ 728 du 8 octobre 1916 du général Pierre-Henri Brissaud.

Grâce à mes relations privilégiées (je vis en concubinage avec la poilue de Verdun qui dirige les archives de la bibliothèque des tranchées), j'ai réussi à me procurer l'édition originale de ce texte impérissable. J'ai décidé qu'il était de mon devoir de livrer aujourd'hui à mes contemporains ces pages grandioses. Je le fais évidemment en accord avec les héritiers du général Brissaud, et notamment son petit-neveu, le colonel Philémon-Philémoi Lachtouille, qui vient lui-même de rédiger une admirable brochure sur les bonnes manières à la guerre à l'âge atomique, dans laquelle il précise, je cite, « que même en 1982, la pratique du salut militaire ne doit pas être abandonnée et le subordonné doit marquer beaucoup de respect pour le supérieur, sauf en cas d'attaque thermonucléaire surprise où le salut pourra être effectué un peu plus vite ».

Qu'il me soit permis, amis lecteurs, de vous demander le plus grand recueillement pendant la lecture de la note de service FQ 728 du 8 octobre 1916 du général Pierre-Henri Brissaud.

LE SALUT DU VRAI POILU

1er temps – En vrai coq gaulois, se redresser vivement sur ses ergots, rassembler vigoureusement les talons. Porter la main droite dans la position du salut réglementaire, tendre tous ses muscles, la poitrine bombée, les épaules effacées, le ventre rentré, la main gauche ouverte, le petit doigt sur la couture du pantalon. Planter carrément les yeux dans les yeux du supérieur, relever le menton et se dire intérieurement : « Je suis fier d'être poilu. »

2e temps – Baisser imperceptiblement le menton, faire rire ses yeux et dire intérieurement à l'adresse du supérieur : « Tu en es un aussi, tu gueules quelquefois, mais ça ne fait rien, tu peux compter sur moi. »

3e temps – Relever le menton, se grandir par une extension du tronc, penser aux boches et crier intérieurement : « On les aura, les salauds. »

LE SALUT DE L'OFFICIER

1er temps – Envelopper le soldat d'un regard affectueux, lui rendre le salut les yeux bien dans les yeux, lui sourire discrètement et lui dire intérieurement : « Tu es sale, mais tu es beau. »

2e temps – Relever le menton, penser aux boches et dire intérieurement : « Grâce à toi, on les aura, les cochons. »

Ces textes devront être appris par cœur.

Général Brissaud,
12e DI, état-major PC,
8 octobre 1916[6].

6. Cité par Jean-Claude Carrière et Guy Bechtel dans leur indispensable *Dictionnaire de la bêtise*.

Savez-vous, tas d'infirmes culturels sous-enseignés, savez-vous que le fait de prononcer les mots « Françaises, Français » constitue une totale hérésie grammaticale ? Ben oui, bande de flapis cérébraux, c'est une énorme connerie pléonastique de dire : « Françaises, Français. » C'est comme si je disais : « Belges, Belges. » J'aurais l'air d'un con.

Comment vous le ferais-je comprendre sans avoir l'air pompeux et sans vous faire sentir mon profond mépris pour votre inculture crasse et votre consternante nullité syntaxique ? Comment, sans vous rabaisser au rang de crétins congénitaux, comment vous faire admettre que l'expression « les Français » sous-entend à l'évidence les hommes et les femmes de France ? Si je dis : « Les Français sont cons », j'englobe tous les hommes de France et toutes les femmes de France.

Grammaticalement, connards, quand je dis : « Les Français », je désigne les Français mâles, plus les Français femelles, et n'allez pas me taxer de misogynie, c'est le genre d'attaque qui me révulse. Cela me fait penser à ces pétasses bitophobes du MLF de Kensington City en Californie, qui avaient exigé qu'on changeât la devise de leur collège « Tu seras un homme mon fils » en « Tu seras un homme ma fille ».

Comment alors expliquer que tous les hommes politiques de ce pays, et quand je dis « les hommes » je pense aussi « les femmes », CQFD, comment expliquer que tous, de l'extrême droite à l'extrême gauche, tous commencent leurs discours, à vous destinés, par une énorme faute de français (et de française) ? Comment est-ce possible de la part de gens sérieux et souvent cultivés ? Comment est-il possible que tous ces notables s'adressent à vous à longueur d'antenne perpétuant et perpétrant cette affreuse erreur de langage ?

J'ai beau me creuser l'entendement, je ne trouve qu'une seule explication plausible : chez ces bonnes gens qui nous gouvernent, ou qui nous ont, ou qui vont, ou qui re-re-vont nous gouverner, l'expression « Françaises, Français » signifie : « Bonjour les veaux, et bonjour aussi à vous les génisses, eh, les gonzesses, vous aussi, n'oubliez pas de voter pour moi, eh, les filles, vous avez vu : j'ai pas seulement dit "Français", j'ai dit aussi "Françaises", eh, oh, ma petite dame, ne m'oublie pas dans l'urne, ne me quitte pas, ne me quitte pas, laisse-moi m'aplatir plus bas que l'ombre de ton chien, mais je t'en supplie : vote pour moi. »

Voilà ce que veut dire « Françaises, Français ». La seule chose que j'espère, c'est qu'en ce moment même un de ces pourris, n'importe lequel, extrême droite, gauche ou centre, j'espère qu'il y en a un, au moins un, ou une, qui me lit maintenant, là tout de suite, et que ce soir ou demain il va causer dans le poste. Alors celui-là, j'espère, ne pourra plus commencer son discours de pute par ces mots « Françaises, Français » sans se dire qu'on lui aura mis le nez dedans.

Chapitre femelle

où le lecteur s'apercevra
qu'Aragon n'était pas aussi con
que le prétendait Elsa
quand il soutenait
que la femme est l'avenir
de l'homme.

Les femmes des uns
font le bonheur des autres.
Flaubert, Madame Beau Varie.

Comment ?
Beethoven.

Je dis : les femmes des uns
font le bonheur des autres.
Flaubert, Madame Beau Varie.

C'était un mercredi ou un dimanche après-midi. Toujours est-il que je traînais un morne ennui dominical de pièce en pièce à travers la maison, en chaussettes, canette à la main, sandwich dans l'autre, cherchant sans y croire l'idée fulgurante d'où jaillirait l'une de ces pages implacables où la délicatesse nacrée du style le dispute à la clairvoyance rigoureuse de l'analyse austère au lyrisme glacé.

Traversant la chambre des enfants, je m'apprêtais machinalement à enjamber ma progéniture abrutie d'images et vautrée sur la moquette, pour éteindre le téléviseur barbitural d'où montait sans grâce le beuglement sirupeux d'un chanteur écorché vif ; quand soudain, Dieu me turlute, vous m'apparûtes.

Vous m'apparûtes sur l'écran, mon amour – vous permettez que je vous appelle mon amour ? Je crus défaillir.

Je sentis le *fa* se dérober sous mes pas alors que, normalement, c'est le sol, c'est vous dire à quel point j'étais bouleversé. Mes bras tremblaient, mes jambes flageolaient au gigot, c'est tellement meilleur, bref mes membres, je veux dire la plupart de mes membres.

mollissaient. J'aurais voulu tourner le bouton car les boutons sont faits pour qu'on les tourne, sinon ça finit par couiller, rouiller, mais je n'avais pas de fesse, de cesse, mais j'étais comme figé devant votre visage, ma bien-aimée – vous permettez que je vous appelle ma bien-aimée ? La pétillante exubérance de vos yeux, la troublante malice de votre pipe, la troublante malice de votre bouche à faire les pitres, selon saint Paul, l'érotisme acidulé de votre voix de gorge profonde quoique enfantine, mais l'avaleur n'attend pas le nombre des avalés, l'ourlet gracile de vos oreilles sans poils aux lobes, la finesse angélique de votre mou de nez de putain, de votre bout de nez mutin dont la pointe rose se dresse vers la nue comme le goupillon trempé d'amour que Mgr Lefèvre agite à la Sainte-Thérèse qui rit dans la Corrèze où la paire de Marie, où le maire de Paris, lui aussi, s'ennuie le dimanche en attrapant des champignons. Mais je m'égare aux morilles, mais je m'écarte du sujet.

Cette femme m'a rendu fou. Vous m'avez rendu fou, délicieux petit cabri sauvage indomptable – vous permettez que je vous appelle délicieux petit cabri sauvage indomptable ? Ah ! cabri, c'est fini. Ah ! Jésus, Marie, Léon ! Ah ! femme étrange. N'abrites-tu point, sous la robe austère de la speakerine, la plus fine petite culotte de soie noire sauvage qui, comme un écrin de pétales veloutés d'orchidée sauvage, maintient dans la chaleur moitée de son duvet tendre les plus exquises rondeurs charnelles finement duveteuses où la tiédeur exsangue de l'été finissant a laissé la dorure attendrie de ses rayons ultimes poser son sourire de cigale sur ton corps alangui que ma détresse exalte au soir de solitude où tu me laisses anéanti d'impuissance et totalement dérisoire devant cet écran glacé où je me cogne en vain, comme le papillon de nuit aveugle en rut se calcine la zigounette sur l'ampoule brûlante où la phalène poudrée l'attend les ailes offertes et le ventre palpitant pour une partie de trompe en l'air.

Il faut me comprendre, pour toi je vibre ô ma sœur – vous permettez que je vous appelle ma sœur ?

Ah ! Dieu me crapahute, mon impossible amour, soyez mienne, ma biche – vous permettez que je vous appelle Bambi ? Vous si pleinement éblouissante parmi tant de dindes hébétées, vous détonnez cruellement, comme un diamant somptueux dans un carré de topinambours, comme un cygne royal entouré de mouettes emmazoutées, comme un ouvrier polonais dans une soirée CGT, comme un lys au pays des merdouilles. Ah, je vous le dis, et je vous le redis, en recitant Pagnol : vous êtes belle comme la femme d'un autre.

« La femme remonte à la plus haute antiquité ». disait Alexandre Vialatte. (Je le répète une fois de plus à l'intention des étudiants en lettres qui commencent à savoir lire dès l'âge du permis de conduire, on peut très bien vivre sans la moindre espèce de culture. Moi-même, je n'ai pas mon permis de conduire, eh bien ça ne m'a jamais empêché de prendre l'autobus. D'ailleurs, si vous n'êtes pas capable de vous priver d'un seul épisode de *Dallas* [1] pour lire un chapitre des chroniques

1. *Dallas* : célèbre saga télévisuelle des années 80 développant les adultères poignants d'un quarteron de mongoliens pétrolifiques.

de Vialatte, dites-vous bien que ça ne vous empêchera pas de mourir d'un cancer un jour ou l'autre. Et puis quoi, qu'importe la culture ? Quand il a écrit *Hamlet*, Molière avait-il lu Rostand ? Non.)

La femme est beaucoup plus que ce mammifère inférieur qu'on nous décrit dans les loges phallocratiques. La femme est l'égale du cheval.

Et de même qu'il ne peut pas vivre sans cheval, l'homme ne peut pas vivre sans femme. Comme la femme, le cheval permet à l'homme de s'accrocher derrière pour labourer jusqu'au fond du sillon. Bref, la femme permet à l'homme de semer sa petite graine.

Observons deux papillons. Pouf pouf. Observons une femme.

Si nous la coupons dans le sens de la longueur, que voyons-nous ? Nous voyons que la femme se compose de 70 % d'eau et de 30 % de viandes rouges diverses qui sont le siège de l'amour.

La femme a-t-elle une âme ? Il est encore trop tôt pour répondre à cette question avec certitude. Tout ce que l'on peut dire, avec une marge d'erreur infime, c'est que la nuit sera fraîche, mais à mon avis, à mon humble avis, c'est sans rapport aucun avec le problème de l'existence de l'âme chez la femme.

Et d'abord qu'est-ce que l'âme ? Selon Jacques Lacan et mon coiffeur, l'âme est un composé nébulogazeux voisin du prout. Sigmund Freud, pour sa part, affirme dans l'édition de 1896 de l'*Annuaire des refoulés* que l'âme pèse 21 grammes, ce qui exclut évidemment la restitution de notre âme à Dieu par les PTT avec un timbre normal, même à grande vitesse, toute surcharge au-dessus de 20 grammes étant taxée aux frais du destinataire, c'est-à-dire en l'occurrence le

Père, le Fils et le Saint-Esprit, c'est pourquoi, au moment de votre agonie, je vous conseille, mes frères, de vous coller deux timbres à l'âme, afin de faire bonne impression à l'heure cruciale entre toutes de votre comparution devant les pieds nickelés de la Sainte-Trinité.

La vivisection de la femme ne nous permet pas de distinguer clairement la présence de l'âme. En effet, si nous ouvrons une femme, que voyons-nous exactement ? Un foie, deux reins, trois raisons d'avoir une âme. Certes, je vois venir l'objection. Vous allez me dire : le ragondin velouté des marais poitevins lui aussi a un foie et deux reins. Mais a-t-il une âme pour autant ? Non. Il boit Contrexéville et puis voilà.

En fait, en l'état actuel de nos connaissances, rien ne permet de confirmer la présence d'une âme chez la femme. Pourtant, de même qu'il ne peut pas vivre sans marché noir, l'homme ne peut pas vivre sans femme. Serait-ce une vie normale, pour un homme, que de ne baiser que le fisc, alors que les femmes des percepteurs, exhibant à chaque coin de rue leur arrogant derrière que le rond-de-cuir délaisse, hurlent à l'amour en attendant désespérément la main virile qui viendra leur nationaliser la libido à coups de zigounette dans la fonction publique, avec effet rétroactif en données corrigées des variations saisonnières ?

D'autre part, si l'on examine la femme d'un point de vue purement ludique, que constatons-nous ? Eh bien, nous constatons que la femme est souvent pour l'homme un agréable compagnon de jeux. On cite notamment le cas, reconnu médicalement, de nombreux hommes qui ne peuvent connaître de plaisir sexuel qu'avec des femmes. Comme ce gardien de phare paimpolais, Yvon Le Poignet, qui ne pouvait pas rester plus de six mois d'affilée à son poste. Malgré la conscience professionnelle avec laquelle il astiquait son phare entre deux naufrages, il lui fallait absolument revenir périodiquement à terre pour se livrer, sur la personne de son épouse, à des gesticulations spasmodiques dont la seule évocation me soulève le cœur.

De même qu'il ne peut pas vivre sans oxygène, l'homme ne peut pas vivre sans femme.

L'oxygène permet à l'homme de respirer un coup. La femme permet à l'homme de tirer un trait sur son adolescence, pour fonder enfin une famille d'où naîtront bientôt les merveilleux enfants du monde qui grandiront dans la joie avant de périr sous les bombes thermonucléaires dans une dizaine d'années au plus tard. En effet, si tout va bien et si le temps le permet, la troisième guerre mondiale devrait normalement éclater avant 1991 : la plupart des voyantes extralucides sont absolument d'accord sur ce point. Quant à Nostradamus, qui avait oublié d'être con puisqu'il croyait en Dieu, il situe précisément la fin du monde atomique le 14 juillet 1989, comme le dit clairement le paragraphe 13 du chapitre 4 de son *Guide Gault et Millau de la mort pas chère* :

> « Deux cents années après qu'éclatoit en royaume des François la honteuse révolte où triomphoit la populace (*c'est-à-dire le 14 juillet 1789*), les sauvages hordes rouges de l'Est glacé vomiront le feu du ciel sur le grand mol occidental. » (*Le grand mol occidental : c'est évidemment une allusion de Nostradamus à la mollesse décadente des hommes de l'Occident avachis par la bagnole, le déclin du patriotisme, l'athéisme,*

les congés payés, l'abolition de la peine de mort et les sous-vêtements en dermotactile Babar qui suppriment le goût de l'effort tout en comprimant abusivement la pipistrelle.) « Lors, l'homme de guerre brandira le noyau fissuré du grand champignon fumeux, tirera la chevillette et la bombinette cherra. Dans ce brasier d'apocalypse, la terre s'ouvrira dans d'épouvantables craquements, les océans déchaînés recouvriront les terres en ruine où nulle âme ne survivra, et le périphérique Ouest sera fermé à la circulation entre la porte de Vincennes et le pont de Charenton. »

Donc, la femme est importante, puisque c'est elle qui assurera la continuité de l'espèce jusqu'à la fin du monde, s'il le faut, sans bouger les oreilles.

Arielle de Claramilène s'ébaudrillait nuquelle et membrissons en son tiède et doux bain d'algues parfumil. Molle en chaleur d'eau clipotillante, chevelyre aquarelle, charnello lèvre de fraise extase, chavirée de pupille à rêve écartelé d'humide effronterie, murmurant ritournelle enrossignolée, elle était clatefollement divine. La brune esclavageonne émue, qui l'éventait un peu de son parcheminet soyeux, contemplait ébloussée les blancs dodus mamelons de bleu nuit veinelés, les petons exquis de sang carmin teintés, les fuselines aux mollets tendres, le volcanombril cloquet, et la motelle foressante du sexiclitor.

Perversatile et frissonnitouche, Arielle sentit bientôt ce libidœil lourd à cils courbés tremblants que la madrilandalouse mi-voilée, presque apoiline, posait sur l'onde tiède où vaguement aux vaguelettes semblotaient se mouvoir les appas dorés à cuisse offerte à peine inaccessiblants, si blancs, au creux de l'aine exquise.

Lors, pour aviser l'exacerbie de l'étrangère, elle s'empara du savonule ovoïde et doux à l'eau, l'emprisonna de ferme allégresse dans ses deux manucules aigles douces ongulées cramoisies, et le patinageant en glissade de son col à son ventre, s'en titilla l'échancrenelle.

« *E pericoloso branletsi* », rauqua la sauvagyne embrasée, qui se fondait d'amouracherie volcanique indomptable, et qui, s'engloutissant soudain les deux mains à la fièvre sans prendre le temps de slipôter, bascula corps et âme dans l'éclaboussure satanique de cette bénie-baignoire pleine d'impure chatonoyance et de fessonichale prohibité fulgurante. Quand l'étincelle en nuage les eut envulvées, ces étonnantes lesboviciennes se méprisèrent à peine et s'extrablottirent en longue pelotonnie de Morphée finissant jusqu'à plus tard que l'aube, sans rêve et sans malice, quoique, virgines et prudes, elles n'avaient naguère connu l'onanaire qu'en solitude.

Ce texte admirable – et je baise mes mots – nous prouve à l'évidence que les femmes, en matière d'érotisme plus encore qu'en toute autre, sont nos maîtresses.

Et si les femmes sont nos maîtresses, remercions-en, mes frères, le Tout-Puissant qui règne là-haut en son divin royaume, entre la bouche d'aération de la tour Montparnasse et la zone stratosphérique à l'abri de l'anticyclone venu des Açores qui, après dissipation des brumes matinales, cédera la place à un temps plus doux au nord d'une ligne Strasbourg-Berlin.

Chapitre fou

où l'auteur témoigne d'une joie de vivre
fébrile et quasi psychopathe en glorifiant
tour à tour les glandes mammaires,
les obsèques princières
et le chant de guerre
pour l'armée du Rhin
de Cloclo Rouget de Lisle
qui allait par la suite, et sous le nom
de *Marseillaise*, faire un tabac au hit-
parade des chants de bataille.

Spiritus promptus est,
caro autem infirma, atchoum.
Jésus-Christ prenant froid
au mont des Oliviers et s'exprimant
prématurément en latin
pour des raisons qui m'échappent.

C'est vrai que la chair est faible. Cette nuit j'ai fait un rêve étrange et pénétrant par là. J'ai rêvé de Bernadette Lafont [1]. C'est pourquoi aujourd'hui j'ai du mal à me concentrer.

Il m'est extrêmement pénible d'évoquer Bernadette Lafont, même petite fille, sans me sentir confusément coupable de tentative de détournement de mineure. Féminin moi-même au point de préférer faire la cuisine plutôt que la guerre, on ne saurait me taxer d'antiféminisme primaire. Je le jure, pour moi, la femme est beaucoup plus qu'un objet sexuel. C'est un être pensant comme Julio Iglesias ou moi, surtout moi.

Pourtant, Dieu me piétine, quand j'évoque Bernadette Lafont, je n'arrive pas à penser à la forme de son cerveau. J'essaye, je tente éperdument d'élever mon esprit vers de plus nobles valeurs, j'essaye de calmer mes ardeurs sexuelles en imaginant Marguerite Yourcenar en porte-jarretelles ou Marguerite Duras en

1. Bernadette Lafont : bombe thermoculéaire et multimammaire capable de faire bander un arc-en-ciel ou de détourner un boutonneux communiste de la ligne de Moscou.

tutu, mais non, rien n'y fait. Et c'est ainsi depuis le jour maudit où, séchant les Jeunesses musicales de France pour aller voir *le Beau Serge*, cette femme, cette femme qui était là cette nuit dans mon rêve, triomphante de féminité épanouie, délicatement posée sur sa sensualité endormie, cette femme à côté de qui la Vénus de Milo a l'air d'un boudin grec, cette femme a dardé sans le savoir dans mon cœur meurtri l'aiguillon mortel d'un amour impossible que rien, rien au monde ne parviendra jamais à me faire oublier, pas même la relecture assidue de *Démocratie française* et du *Programme commun de gouvernement de la gauche*[2].

Rien au monde ne pourra jamais libérer mon esprit prisonnier de vos charmes inouïs, madame : vos yeux étranges et malicieux, où je m'enfonce comme dans un bain de champagne incroyablement pétillant, votre poitrine amplement arrogante, véritable insulte à l'usage du lait en poudre, et « votre dos qui perd son nom avec si bonne grâce qu'on ne peut s'empêcher de lui donner raison » – ce n'est pas de moi, c'est une image superbe inventée par M. Brassens, qui n'eut toute sa vie que des bonnes idées, sauf celle d'être mort avant Julio Iglesias.

A mon avis, et mon avis est généralement l'avis auquel j'ai le plus volontiers tendance à me référer quand il m'arrive de vouloir objectivement savoir vraiment ce que je pense, à mon avis Brassens est la plus grande perte de ce siècle à la con où tout va de mal en pis depuis que Leonid Brejnev et Grace Kelly ne sont plus là pour nous guider vers le bonheur terrestre grâce à la haute tenue morale de leurs politiques expansionniste ou d'opérette.

2. Catalogues arides qu'on redoute à Roubaix.

Je prie mes lecteurs de bien vouloir me pardonner ce rappel un peu morbide des deux grands disparus de l'année 1982, mais la mort restant la seule certitude tangible aux yeux des sceptiques incapables de trouver Dieu (et j'en suis, Dieu me crapahute), comment diable eussiez-vous voulu qu'elle ne me perturbât point? Quand je parle de Mme Kelly et de M. Brejnev en leur décernant le titre de plus grands disparus 1982, il va de soi que je ne cherche point à vexer Mendès France, que je mettrais volontiers dans le peloton de tête de ce hit-parade des cimetières, mais ce qui m'a frappé chez les deux précédents, c'est qu'on nous a montré leurs cadavres à la télévision, fugaces images d'éternité tranquille entre les cours de la Bourse et la pub pour effacer les rides... Elle, la princesse, doucement couchée sur un lit de satin blanc, m'apparut désespérément belle, élégante et racée, figée dans sa beauté au bois dormant. Brejnev, en revanche, outrageusement cerné de feuillages épais et d'une débauche florale inouïe sur son lit de mort écarlate, m'émut beaucoup moins. Quelle dérision, la vie, mes bien chers frères. Avoir été si longtemps l'homme le plus effroyablement puissant et redouté du monde, et finir ainsi, noyé dans ce décor mortuaire de parade, hier encore debout premier secrétaire du parti communiste de l'Union soviétique, et aujourd'hui, couché dans sa boîte, comme un thon à l'huile au milieu d'une salade niçoise.

Rude année que cette année-là, nom de Dieu! Ce n'est pas pour me vanter, mais une chose est certaine: 1982 aura été une meilleure année pour le bordeaux que pour Aragon.

Enfin... on peut toujours se consoler en se disant que de toute façon, compte tenu de l'exorbitance coutumière de ses cachets, on n'aurait jamais vu Romy Schneider dans un film de Jacques Tati... Ah dites donc, les argentiers, ho ! Les producteurs, vous qui geignez à fendre l'âme sur le grand désert de la pensée comique cinématographique française, vous l'avez bien laissé crever, Tati. Vous l'avez vu s'étioler sans rien dire depuis quinze ans, vous les requins sous-doués qui nous faites ramer les zygomatiques de film en film avec vos consternantes bidasseries franchouillardes de merde pour hypocrétins demeurés avec un quotient intellectuel si bas qu'il fait l'humilité, avec un « ciel mon mari » si con qu'il faut lui pardonner, avec la mère Denis pour dernier terrain vague... attention, ça dérape, je vais encore me ramasser à la sortie d'une virgule en épingle à cheveux. Stop !

A ce stade de mon propos, vous êtes en droit de vous demander s'il ne serait pas temps pour moi, là, maintenant, tout de suite, dès à présent, sur-le-champ, à l'heure où je vous parle, s'il ne serait pas temps que j'en arrive au fait, parce que des bouts d'idées j'en ai eu depuis la page 2[3], alors que là, maintenant, je sèche et je m'embrouille au point de ne plus être capable de me rappeler le début de ma phrase ni même l'esprit de mon propos, si tant est qu'on puisse parler d'esprit pour qualifier les timides tressaillements court-circuiteux de l'inextricable salmigondis des neurones trop longtemps marinés dans le jus de Veuve Clicquot où mes deux hémisphères cérébraux clapotent douillettement, comme les deux fesses d'un aoûtien

3. Voir page 2.

atlantique attendant la marée basse pour bouger son cul à l'heure du berger.

Vous n'imaginez pas à quel point cela peut être horrible, pour un forçat plumitif, combien cela peut être épouvantablement intolérable de s'apercevoir, au détour d'une virgule piégée, qu'on a oublié le début de sa phrase, d'autant qu'en l'occurrence, Seigneur, c'est affreux, ce n'est pas seulement le verbe qui m'échappe, mais c'est l'idée elle-même. Je ne sais plus du tout de quoi je parlais il y a trente secondes. Je ne sais même plus où je suis. Qu'est-ce que c'est que tous ces gens qui me lisent ? Qu'est-ce que je vous ai fait ? Je sais, Maman, je sais, je suis paranoïaque, mais ce n'est pas parce que je suis paranoïaque qu'ils ne sont pas tous après moi.

Mais, Dieu m'aspire, voici que je m'écarte de la mort. Et après tout, pourquoi ne m'en écarterais-je point, et de gaieté de cœur, au risque de ne jamais connaître le goût étrange venu d'ailleurs des racines de pissenlit ?

Ah, quelle connerie la mort, Barbara...

Ah, je sais je sais je sais ce qu'il nous faudrait pour arrêter la mort en temps de paix. Ce qu'il nous faudrait, c'est une bonne guerre : boum, tacatacatac. « *Damned*, je suis fait. Aaaah Johnny, si tu te tires de ce merdier, aaah, si tu rentres au pays, dis à ma femme que... que... que.... aaaaaah... »

Ça c'est un bon film...

J'aurais bien aimé être reporter de guerre :

REPORTER

Allô ? Allô ? Allô, zenfants de la patrie ? Bonjour ! Ici Pierre Desproges. A l'heure où je vous parle, le jour de gloire est arrivé, et l'étendard sanglant de la tyrannie est euh... Ah, je pense que nous ne sommes pas en mesure de vous montrer l'étendard sanglant de la tyrannie... Ah voici. Il est levé contre nous.

RUMEURS

Meuh !

REPORTER

Je pense que vous entendez comme moi dans nos campagnes mugir ces féroces soldats.

Monsieur, vous êtes petit exploitant agricole et vous êtes mécontent ?

PAYSAN

C'est-à-dire que, voyez-vous, ils viennent jusque dans nos bras, n'est-ce pas.

REPORTER

Oui, et qu'est-ce qu'ils font, jusque dans vos bras ?

PAYSAN

Eh bien, comme vous voyez, ils égorgent nos filles et nos compagnes. Et le gouvernement ne fait rien.

REPORTER

Que préconisez-vous ?

PAYSAN

Écoutez, je pense que ce serait une bonne chose de former nos bataillons et de faire couler un sanguimpur.

REPORTER

Il n'y a pas de danger de pollution ?

PAYSAN

Pensez-vous ! c'est très bon pour nos sillons.

Chapitre fin

où l'auteur s'élève brutalement
de l'humble condition de coreligionnaire
de Bernadette Soubirous à la dignité
de Père Éternel et si vous n'êtes pas content
c'est le même prix.

Bon sang, mais c'est bien dur.
Mme Maigret.

C'est mou.
Comtesse de Sédur.

La vie est dure. Les temps sont mous, et l'extrême indigence de la cinémathèque, mes bien chers frères, m'a contraint, pour tuer le temps, à aller aujourd'hui à la messe pour y chercher la paix de l'âme et la sérénité.

Hélas, dans la fraîcheur ouatée de la cathédrale, Dieu ne m'est pas apparu parmi la cohorte bigoteuse des batraciennes et des batraciens de bénitier qui éructaient sans y croire les psaumes arides de leur foi moribonde avant de retourner se vautrer devant l'école des fans pour oublier les enfants du Tiers-Monde.

Alors j'ai pensé que Dieu était encore mort, ou qu'il avait baissé les bras, et je me suis dit que, si j'étais lui, ça ne se passerait pas comme ça.

Oh non, ça ne se passerait pas comme ça, nom de moi de bordel de moi.

D'abord, si j'étais Dieu, je me demande si je créerais le ciel, la terre et les étoiles. Le ciel et les étoiles, je ne dis pas. Mais la terre, je vous le demande, est-ce bien raisonnable ?

D'un autre côté, si je ne créais pas la terre, quelle

serait ma raison d'être ? A quoi me serviraient mon incommensurable puissance et mon exquise bonté dont les deux Testaments et les quatre Évangiles relatent par le menu les surprenantes manifestations, depuis l'affaire de la Golden maudite, jusqu'à la résurrection de mon fils, sans oublier bien sûr la surprenante guérison, l'été dernier, de M. Jean Le Grubier, de Nantes (44), qui fut définitivement débarrassé de son hémiplégie le jour où il se fractura le crâne en glissant dans la grotte de Lourdes.

Je devrais donc me résoudre à créer la terre, c'est-à-dire les hommes, les forêts immenses et les fleuves profonds, la gazelle gracile au souffle court et les magnétoscopes portables avec ralenti et arrêt sur l'image, c'est tout de même un mieux, notamment pour visionner le Mundial[1] ou le cul de Carole Laure en furtif entrechat.

Une chose est certaine. Si j'étais Dieu et si je devais créer la terre, je m'y prendrais tout autrement. J'abolirais la mort et Tino Rossi. Qu'on ne me demande pas pourquoi j'abolirais Tino Rossi. Il s'agit de ma part d'une réaction purement instinctive. Elle n'engage que moi et ne saurait en aucun cas jeter le discrédit sur cet immense artiste dont la sirupeuse gluance roucoulophonique ne connut jamais la moindre trêve, pas même au cœur des années sombres où le Juif et l'Anglais commençaient à menacer l'amitié franco-allemande.

En ce qui concerne l'abolition de la mort, elle m'apparaît à l'évidence comme une réforme de première urgence, dans la mesure où la plupart des

1. Mundial : célèbre concours de ballon cosmopolite.

humains renâclent farouchement à la seule idée de quitter ce bas monde, même quand leur femme les trompe à l'extérieur et que les métastases les bouffent de l'intérieur. J'irai même jusqu'à dire que c'est sa mortalité qui constitue la grande faiblesse du genre humain. Un beau jour, on entame une partie de pétanque avec des copains, sous les platanes bruissants d'étourneaux, l'air sent l'herbe chaude et l'anis, et les enfants jouent nus, et la nuit sera gaie, avec de l'amour et des guitares, et puis voici que tu te baisses pour ajuster ton tir, et clac, cette artère à la con te pète sous la tempe, et tu meurs en bermuda. Et c'est là, mon frère, que je pose la question : à qui est le point ?

Un seul être vous manque et tout est dépeuplé, disait le tourmenté Lamartine qui mourut fort âgé, après avoir vécu dans une effroyable hantise de la mort qui ne le quittait que sur les lacs crépusculaires où il aimait à s'isoler pour tripoter les genoux des tuberculeuses.

Certes, je n'abolirais pas la mort pour tout le monde. En effet, il me plaît de penser que, si j'étais Dieu, il me serait infiniment agréable de conserver le statut de mortels aux bigots de toutes les chapelles, aux militaires de carrière, aux militants hitléro-marxistes, aux lâcheurs de chiens du mois d'août, aux porteurs de gourmette et aux descendants de Tino Rossi dont rien ne permet de penser qu'ils hériteront de leur géniteur le moindre talent roucoulophonique, mais enfin on ne sait jamais.

Si j'étais Dieu, je ferais croire que j'existe par le biais de maintes manifestations époustouflantes de ma grandiose omniprésence. Par exemple, je m'immiscerais épisodiquement au cœur des conflits armés où j'adoucirais la mâle sauvagerie des corps à corps en transformant soudain les baïonnettes en pieds de rhubarbe, dont la teneur en vitamines C et B1 n'est plus à vanter. J'apaiserais les souffrances humaines à tout bout de champ, rien que pour faire mon intéressant, rendant ici la vue au paralytique, là ses jambes au non-entendant, là encore sa césarienne à César. Le peuple subjugué se frapperait le poitrail en psalmodiant mon nom béni. Même les athées congénitaux rentreraient au bercail de ma Sainte Église le jour où, dans un éclat strident de ma divine lumière, je leur donnerais des muscles en trente jours, chez eux, sans vraiment se fatiguer, encore que je me demande si l'on peut impunément coller l'adjectif « strident », suggestif du son, devant le mot « lumière ».

Enfin, si j'étais Dieu, je n'enverrais pas mon Fils sur terre pour racheter les péchés du monde. J'y enverrais de préférence mon beau-frère François qui est laid, chafouin, footballeur et qui cache assez mal, sous des dehors de sous-doué rural, une âme de rustre agricole.

Sic transit gloria mundi. Amen.

Table

Prélude

Première partie

En attendant la mort

Deuxième partie

Vivons heureux

DU MÊME AUTEUR

Manuel de savoir-vivre
à l'usage des rustres et des malpolis
Seuil, 1981
et « Points », n° P401

Dictionnaire superflu
à l'usage de l'élite et des bien nantis
Seuil, 1985
et « Points », n° P403

Des femmes qui tombent
roman
Seuil, 1985
et « Points » P479

Chroniques de la haine ordinaire
Seuil, 1987, 1991
et « Points », n° P375

Textes de scène
Seuil, 1988
et « Points », n° P433

L'Almanach
Rivages, 1988

Fonds de tiroir
Seuil, 1990

Les étrangers sont nuls
Seuil, 1992
et « Points », n° P487

La Minute nécessaire de monsieur Cyclopède
Seuil, 1995
et « Points », n° P348

Les Bons Conseils du professeur Corbiniou
Seuil/Nemo, 1997

La seule certitude que j'ai, c'est d'être dans le doute
Seuil, 1998

Audiovisuel

Pierre Desproges portrait
Canal + Vidéo, cassette vidéo, 1991

Les Réquisitoires
du tribunal des flagrants délires
Epic, disque et cassette, 1993

Chroniques de la haine ordinaire
Epic, disque et cassette, 1994
et cassette vidéo, 1996

Pierre Desproges au théâtre Fontaine
Epic, disque et cassette, 1995
et cassette vidéo, 1996

Pierre Desproges au théâtre Grévin
Epic, disque et cassette
et cassette vidéo, 1996

RÉALISATION I.G.S. CHARENTE-PHOTOGRAVURE À L'ISLE-D'ESPAGNAC
IMPRESSION : BUSSIÈRE CAMEDAN IMPRIMERIES À SAINT-AMAND (3-98)
DÉPÔT LÉGAL : MAI 1997. N° 32042-2 (981739/1)